アリス・ギア・アイギス

alice gear aegis

Actress Ep.

アクトレス エピソード

author 岩片 烈・朝日文左
Illustration 飯沼俊規・ピナケス

Contents

星が集うとき

第1話

岩片　烈：著
飯沼俊規：画

これはまだ成子坂製作所で三つの星（トライステラ☆）が生まれるまえのお話――

二子玉《にこたま》　舞《まい》はためらっていた。

「あっ……うぅ……むり……」

目の前にある銀色に輝くインターホンのパネル。

その呼出ボタンが――

押せない。

心の裡《うち》で兼志谷《かねしや》　シタラから聞いた部屋番号をそっと唱える。

２…０………３……

震える指で数字を押していく。

あとは呼出と書かれたボタンを押すだけ。

そうすれば優しいクラスメイトの歓迎の声が聞こえるはず。

「はいはーい、あっ、タマちゃーん、いらっしゃーい。ささっ、早く上がって上がってー」

きっと、そうなるはず……はずだけど……でも……。

もしも……シタラちゃんが最近一緒に暮らし始めたというルームメイトが出てしまったら？

……むり、絶対うまく話せない。

「はぁ……」

呼出ボタンにかけられていた指は、取消へと滑る。パネルに表示されていた203の数字が闇へ消える。

もうこれで、何度目だろう？　シタラちゃんが女の子とルームシェアしたと聞いて、自分から遊びに行きたいと言ったのに……

——胸が痛む。

きっとシタラちゃんも楽しみにしているだろう。友だちを紹介すると言われて、ルームメイトの人も期待しているはず。

それなのに……インターホンのボタンさえ押せない自分が本当に嫌になる。

もうだめ、もうむり……わたしにはできない。

ごめんなさい、シタラちゃん。約束を守れない。

ごめんなさい、まだ見ぬルームメイトさん。

あなたに会う勇気のないわたしをどうぞ笑ってください。

わたしはもうむりです。居たたまれません。

大きく溜息をついて、踵《きびす》を返す。こんなことだけは無駄に優雅に素早くできる、わたし……。

なのに、呼出ボタンも押せない、だめなわたしでごめんなさい。

「タマちゃん、なにやってんの？」

振り向いたわたしの目の前にシタラちゃんが立っていた。

「ひゃうっ⁉」

頭のてっぺんから声が漏れる。

「あっ……うぅっ……あのっ、いまっ、来たばかりで……」

しどろもどろになりながら、必死に言葉を連ねる。

「そかそか。部屋番号、教え忘れたかと思って」

そう言って、えっへへーと屈託なく笑った。

――シタラちゃんは、やさしい。

わたしの困っている様子を見て、こうやって助け船を出してくれる。

「あっ、あの……これっ、ケーキ……」

咄嗟に手にした紙袋を差し出す。

「えー、いーの？　これ有名なお店のやつじゃん！」

わたしは帰ります。ふたりで食べてね――という間もなくシタラちゃんは手にしたコンビニの袋を掲げた。

「ちょうど飲み物、買って来たところ。ささっ、行こ行こ」

「お、おじゃましますっ」

シタラちゃんの背中に隠れるようにして部屋に入った。

こぢんまりとしたワンルームマンションの一室。

エントランスとキッチンを抜ければ、そこはベッドルーム兼リビング。

「いらっしゃい」

入ると同時にセミダブルベッドに腰を掛けていた美少女が明るく笑いかけてくる。

金色に輝く髪と石膏のように白い滑らかな肌。

大きなスカイブルーの瞳で、わたしを見つめている。

「バージニア・グリンベレー。ジニーって呼んで」

親しみのこもった声で、やさしい眼差しでこちらを見る。

そう、わたしに向けられているのは敵意じゃない。

それはわかっている、けど……。

「えっと、その……」

わたしは俯いたまま、そんなことしか言えない。

こっちも名乗らなきゃいけないのに……。

「ジニーっ、こちら、タマちゃん」

あとを引き取ってくれたシタラちゃんに合わせて、ぎこちなく会釈した。

「シタラの同級生なんだよね？　だったら、わたしとも同い年だね」

バージニアさんもわたしを気づかって親しく話しかけてくれる。

話さなきゃ、早く……ちゃんと。

「二子玉　舞、です……よ、よろしくお願いします」

消え入りそうな掠《かす》れる声で、ようやくそれだけ言えた。

「舞だねっ、よろしく！」

わたしに向かって差し伸べられた右手。ファーストネームで呼ぶのも、握手するのも、海外の文化・風習。わたしとは無関係。わたしの過去とも関係がない——自分にそう言い聞かせて、必死に動揺を抑える。

わたしはおずおずと右手を差し出した。たぶんマナー違反だけど、顔を上げることはできなかった。

それでも——それでもバージニアさんは失礼なわたしの右手をぎゅっと握ってくれた。その手から彼女の温もりが、無条件な好意が伝わってくる。

——こんな、なにもできないわたしに。

それからシタラちゃんと、バージニアさんがてきぱきと動いて部屋の真ん中に白い丸テーブルが据えられて――

「タマちゃんはお客さんだから座ってて」と、わたしが手伝う間もなく、人数分のケーキとジュースが並べられていた。

……なんだか新婚生活を始めたシタラちゃんちへお呼ばれした気分。

自己嫌悪の最中でも、そんなときめきを感じてしまう――そんなわたし。

消え入りたいほど恥ずかしい。

シンプルだけどセンスのいい食器にちょこんと載せられた、わたしの買ってきたケーキ。それとシタラちゃんが買ってきた紅茶で、ささやかなアフタヌーンティーが始まる。

わたしはただ息を潜めて、それに加わった。

「おおーっ、これ、おいしい！」

一口食べて、シタラちゃんが満面の笑みを浮かべる。

「そ、そう？　よかった……」

私は胸をなでおろした。

「ん……これはなかなかだね！　ありがとうっ、舞っ」

バージニアさんも喜んでくれているみたい。

「は、はいっ……あ、あの……えっと……」

だめ……安心するよりも緊張の方が強くて、うまく話せない。

「あっ……あの……あっ、ははっ……」

わたしはぎこちなく、顔に曖昧な笑みを貼り付けただけ。

きっと変な子だと思われてる……こんなんじゃ、だめ……シタラちゃんに迷惑かけちゃう……。

考えれば考えるほど、わたしの頭の中は真っ白になる。

誰か助けて……。

「うむむ……上等なケーキに、ペットボトルのアイスティーは合わない？」

挙動不審なわたしを察してくれたのだろう。シタラちゃんが話題を変えてくれた。

「だねっ！　せっかくの美味しいケーキだから味わって食べなきゃ、舞に悪いよねっ」

バージニアさんがシタラちゃんに向き直り、わたしはホッとする。

ごめんなさい。あなたのせいじゃないんです。視線に弱いわたしが悪いの。

「んじゃー、ちゃんとしたの淹《い》れよっか」

そういってシタラちゃんが立ちあがった。

……ということは？　おそらくキッチンへ行って、お湯を沸かして、紅茶を淹れて……。

えーっ、だめーっ。

そうなったら、ゆうに10分はバージニアさんとふたりきりになってしまう。

わたし、きっとうまく話せない。訪れるのは噛み合わない無様な会話か、気まずい沈黙。バージニアさんは失望するにちがいない。

「こ、このままでっ、い、淹れ直さなくてもっ」

一瞬の沈黙が部屋を包んだ。

変なこと言っちゃったかな？　空気悪くしちゃった？

「んーーっ……じゃあ、そうする？　ジニーは？」

バージニアさんはちらりとわたしを一瞥して──

「Ｏｋｅｙ」

きれいな発音で同意した。

「舞がそれでいいなら、いいんじゃないかな」

そう言って、にっこりと微笑む。

また、気をつかわせてしまった？

でも、まだ、やっぱり……初対面の人とふたりきりは怖い。

無意識に視線を逸らして、シタラちゃんを見てしまう。

目線があった瞬間──

「あ、やばっ……！」

シタラちゃんは慌てて携帯端末を取り出した。

端末はシタラちゃんの手の中で震えている。

「あ、文嘉《ふみか》からだ。ごめん、ちょっと電話……もしもーし。ふっ、わたしだっ」

仕方なさそうに、かかってきた電話に応えている。

わたしより長いお付き合いの、フミカサンからの電話に。

「えー？　あーっ、そっか、ごめーん。それ出し忘れてたー……えっ、いまから？　明日じゃダメ？　ん、ちょっと待って」

シタラちゃんがこっちを見る。

「ごめん、ちょっとバイト先の事でーっ、少し席外すね」

わたしはよほど怯えた顔をしていたのだろう。

「だいじょうぶ、すぐ戻るから」

そう言って、いつもの笑顔をくれる。

「部屋のもの、好きに使ってー。ジニー、あとよろしくっ」

バージニアさんはウインクして、まかせてとばかりに親指を立てた。

シタラちゃんはシタラちゃんで、まかせたと目で語っている。

アイコンタクト。

すごい——ふたりは目と目で会話できるんだ。

わぁっ、わたしは心の中で叫んでいた。

「いやー、いくら日報でもさー、先週のことなんて覚えてないってー」

安心した顔のシタラちゃんは端末片手にキッチンへ出て行った。

アイコンタクトに感動してる場合じゃなかった。

初対面の人とふたりきりなわけで。

なにか話して、打ち解けなきゃいけないわけで——

そして、それはわたしにはとてつもなく難しいわけで——

話かけられても、うまく返せないから、できればわたしから話したいけれど、なにを話していいのか、まったくわからなくて、そんなことを愚図愚図と考えているうちに、さらに気まずく話しづらくなっているから、だから——

「——わかるよ」

ふいにバージニアさんが言った。

なにが？　なにがわかるの？　わたしなにか聞き逃していた？

聞き返すべき？　だいじょうぶ？　気を悪くされない？

「言葉にしなくても、舞がわたしと仲良くしようとがんばってるのは、わかるから」

「えっ……な、なんで……」

まるでわたしの気持ちが伝わっているみたいに——

「んー、態度？　とか、必死な感じで伝わってるよ、舞の気持ちは」

わたしを見つめる青い瞳。

それは心を見透かすとか、そういうんじゃなくて――

あたたかい、慈しみの心が満ちているようで――

「傷ついている人の気持ちは――わかるよ、なんとなく」

それは嘘じゃないと、なぜかわかった。

バージニアさんの真剣な態度と雰囲気が、本当だって言ってたから。

「なんて、ね」

軽く笑って、「はい、これ」と手渡されたものは――

コントローラー？　家庭用ゲームの？

「シタラが戻るまでゲーム、しよ」

バージニアさんの気づかいが嬉しかった。

でも、わたしは顔を上げることもできず、熱くなった目頭を押さえて俯いたままで。

「う……うん……」

せいいっぱいがんばって絞り出せたのは、たったそれだけ。

――ありがとう。

いまはまだ横に並んで壁際のテレビ画面をみつめたままだけど――

いつか、あなたの目を見て言うから。

いつかきっと……


十数分後。

シタラが部屋に戻ると、そこにはなかよくゲームに興じているふたりがいた。

「舞っ、左側は片付けるから、右をお願いっ」

「あ……はい。まかせて、ジニー」

ははーん、さては……シタラは人差し指を顎に当てて考える。

「なになに、ゲームっ？　わたしもやるーっ！」

シタラはひときわ明るい声を上げ、仲間に入るのだった。


——彼女たちがアクトレスユニット・トライステラ☆となるのは、もう少し先の話。

《終》

星が集うとき

第2話

朝日文左：著
飯沼俊規：画

これはまだ成子坂製作所で三つの星（トライステラ☆）が生まれる前のお話――


「そういえばさ、シタラと舞の馴れ初めは？」

コントローラーを握りながら、ふいにそんなことをジニーが聞いてくるものだから、思わず聞き返しちゃったでしょうが。

「わたしたちの馴れ初め？」

「ふたりのはじめての出会いだよ。どんな感じだったの？」

「ど、どんな感じと言われましてもー」

って、やっぱり。タマちゃんの顔、すっごく真っ赤。

「ぶっ……」

ほら、案の定、噴き出しちゃったじゃんか！

そりゃ、そうなるんだよー。

かくいうわたしも……思い出してしまって……。

ダメ。もう我慢の限界です。

「あはっ……あはっ！　あはははっ‼」

「ふふ……ふふふふっ！」

「シタラ？　舞も？　ねぇねぇ、ふたりともどうしちゃったの？」

だって、だって、わたしたちの出会いって――。

幸せいっぱいだった黄金週間《ゴールデンウィーク》は、あっという間に過ぎ去ってしまった。

久方ぶりの登校をまえに、鬱々とした気持ちを抱えながら着替えをしていたあの頃のわたし。


ごめんなさい！

最下位は、てんびん座の貴方。

予想外のアクシデントにご用心。

ラッキーアイテムは、キーホルダー。

それでは、善《よ》い一日を！


なんでだろう。

いちいちそういうこと朝から伝えてくる必要ある？

知らぬが仏って言葉もあるんだし。

って、普段は、ホントに、まったく、ちーっとも気にならないはずの朝の占い。

この日だけは、妙に気になってしまって。

で、大人しく言う事を聞くのもアレだとは思ったりもしたんだけどさ。

念のため。

そう、念のためにね。

推しキャラのキーホルダーを鞄に付けて、颯爽《さっそう》と登校したのでした。


いつもと同じ朝のホームルーム。

担任の先生が、これまたいつもと同じように名前を読み上げていく。

「アンザイさん、イトウさん、ウエシマさん、エグチさん、エダジマさん、エバタさん」

先生、どうしてでしょうか？

わたしのクラス、「エ」からはじまる苗字の人が多くないですか？

「兼志谷さん」

「はい」

って、「オ」は？

「オ」から始まる苗字の人が、どうして我がクラスには一人もいないのですか？

このクラスを作る際、先生は苗字のバランス、おかしいとは感じなかったのですか？

是非、この機会に兼志谷の「カ」が、名簿順だと最前列に座ってしまうことに疑問を抱いていただきたい！

マジでコレ、シタラちゃん認定の学校の七不思議のひとつですからね！

と、いつもと同じようにやるせない想いが心の中に渦巻いていたら。

「みなさんが本校に入学して、そろそろ一ヵ月がたちますね。クラスの親睦を深めるためにも、今日は席替えをしたいと思います」

仰げば尊し。

先生、教師の鑑《かがみ》とは貴方のような人のことを言うのですね。

そりゃ、最後尾の席の人は、文句もあるかとは思いますが。

ただ、そこはほら、クラスの親睦が優先されるわけだし、うちって総合選択制じゃないですか。

ホームルームくらいしか影響ないわけだし。そもそも聞いてごらんよ。

この歓喜の雄たけびを。

大方のクラスメイトは、席替えを渇望していたんです。

で、キタコレ！

日頃から徳を積み重ねてきた人間に、席替えの女神は微笑むのじゃよ。

窓際の最後尾。まさに教室の中のプレミアムシート。

自分の強運が怖すぎるぜぇ。

そんな時、誰かが言った。

「先生、二子玉さんの背が高くて黒板が見えませーん」って。

声の方向に視線を移すと、そこには普段からすらりとした抜群のプロポーションを誇る二子玉さんが、心底申し訳なさそうに謝罪していた。

クスクスと木霊するクラスメイトの声を背に――。

「そうですか。誰か二子玉さんと席を替わってくれる人はいませんか？」

サッと、担任の先生と視線を外す大勢の生徒たちの気配――。

これでもかこれでもかと背中を屈めて、消え入りそうな声で、何度も何度も謝罪の言葉を口にする彼女。

ダメだよ！

そんなことしてたら、このまま消えちゃう！

一度も話をしたことのないクラスメイトだったのに。

何故だかそんな気持ちになっちゃって。

「せ、先生……あ、あの、わたし、ここだと、ちょーっと黒板が見えないかなーと……」

サッと、わたしに注がれるクラスメイトの視線から早く逃れたい一心で、本当に良いのかと問う担任の先生にさっさと頷く。

こうしてわたしは、プレミアムシートをあっさりと手放してしまったのでした。

あ、断っておきますけど、席を譲ったことに後悔は、まーったくないからね。

ただ、ちょっとだけわたしらしくなかったかなーとは思うけれどもさ。

はぁ……。

放課後、何度目かの溜息。
マジで朝の占い。ホント、あれはなんなのか……。
こんな時に限って、当たるんだから。
あれからシタラちゃんは、ジャンケンで負けに負け続け、今月の掃除当番が確定。
お弁当忘れて購買でもみくちゃにされ。
体育の授業はマラソンで。
トドメは、先ほど昇降口でゴミ箱をド派手にひっくり返しましたとさ。
もう、早く帰ってゲームでもしないとマジでムリ……。
「あっ……あの……か、か……兼志谷……さん……」
「うわぁっ！」
誰もいないはずの放課後の教室に、素っ頓狂なわたしの声が響く。
そりゃそうでしょ。
すっごい美人が気配もなく後ろにいるんだもん。
誰だって驚くよ。

「に、二子玉さん、ど、どうしたの？」

「あ、え、えっと……あの、そ、その……」

どうしたの？　と尋ねる前に、彼女は深々と頭を下げた。

わたし、後にも先にもこんなに綺麗なお辞儀見たことなかったから、正直、見惚れちゃいました。

「ほ、本当に、本当に……ご、ごめんなさいっ！」

「えっ？　あ、えっ？」

その後、彼女は、何度も何度も頭を下げ、自分が愚図だからとか。クジ運が悪いからとか。クジ運が悪いのは、報いだからとか。

って、そんなことを言いながら、たくさんたくさん謝罪の言葉を言ってくれた。

ちょっと早口で、聞き取れなかった部分もあったし、そんな風に自分のことを言わなくてもってのは伝えたつもりではあったんだけどさ。

誠心誠意ってことはちゃんと伝わってきたよ。

きっと二子玉さんは、優し過ぎるくらい優しい人なんだなって。

「も、もう、そんなに謝らなくてもー」

「で、でもっ……」

「ほらほら、わたし、この通りだからさ。後ろの席だと黒板が見えなくくって」

なんか今のわたしの言葉、ちょっと自虐が過ぎた？

逆に二子玉さんの背がーみたいな感じで受け取られてないよね？
ホントそういうつもりは毛頭ないんですけどー……。
「そ、それじゃ、わたしもう帰るね」
「あっ……」
踵を返し、廊下を歩いているときに気が付いた。
わたしは、二子玉さんに「さよなら」も言ってなかったことを。
突然のことで慌ててたって言ってもだよ。
そもそも今日のことは、わたしが勝手にしたことなわけでして。
謝罪させてしまうってことにまでは、気が回らなかったのも事実で。
そもそもクラスメイトなんだし。
明日も顔合わすんだから。
せめて挨拶ぐらいはした方がよかったはずなのに。
なにしてんだろ、わたし。
今から戻って挨拶する？
いやー、それはちょっと逆にわざとらしいよね。
でも……。
後ろ髪を引かれる思いで廊下を振り返ったその時。

視線の先には、廊下を駆けてくる……いや、前言撤回。

必死の形相で猛然とダッシュしてくる——。

「に、二子玉さん？」

恐らく、これが漫画だったら「ドドドドドッ！」って描き文字がぴったりだと思う。

では何故《なにゆえ》、彼女はあんなにも必死に走っているのでしょうか？

辺りを見渡す。わたし以外に誰もいない。

もしかして、「さようなら」も言わなかった無作法なわたしに怒ってるとか？

気持ちはわかるよ。

全面的にわたしが悪い。そうなんだけど。

だけどね、二子玉さん！

「ろ、廊下は走っちゃダメなんだよーっ！」

そんなことを口走りながら自然、わたしの足も駆け出していた。

「ま……まって！」

どうしてわたし逃げてるんだろう？

って、考える暇もないくらいに二子玉さん、走るの速いんですけどー！

「ごめんね！　ごめんね！　ホントごめんね！」

「ちょ……ちょっと……」

一秒毎に迫りくる二子玉さん。

彼女の息づかいがだんだんと大きくなる。

それにつれ、わたしは廊下の隅に追い詰められていって――。

――ドンッ!――

「こ、これ! か、兼志谷さんのですよねっ?」

驚くとか以前に、どうしてだろう。

わたしと同じシャンプー使ってるって、なんでこんなこと思っちゃったんだろうね。

で、しばらくしてから瞳があっちゃって、ふと我に返ってみると。

えーっと、この状況って、所謂《いわゆる》さー……。

「に、二子玉さん、こ、この体勢はー……なんというか……」

「えっ? あっ……ひゃうっ!」

＊　＊　＊

「壁ドン?」

「そうそう。わたしの初めての壁ドンを奪ったのはタマちゃんなのさ」

「わたしだって……わ、悪気はなかったんだよ」

「わかってるー。わたしが落としたキーホルダー届けてくれたんだもんね」

「う、うん……で、でもね、先に噴きだしたのはシタラちゃんだからね……」

「だって、あの時のタマちゃんの顔が……くくっ……」

「そ、そんなこと言ったら……シタラちゃんだって……ぷっ」

ダメだ。やっぱり何度思い出しても……。

「ふっ……ふふふ……」

「えへっ、へへへへっ」

あはははははっ！

ほらね、想い出すたびに毎回、こうなっちゃうんだよ。

わたしとタマちゃんのはじめての出会いは――。


「ふたりともホント仲いいねぇ」

――彼女たちがアクトレスユニット・トライステラ☆となるのは、もう少し先の話。

《終》

星が集うとき

第3話

岩片　烈：著
飯沼俊規：画

これはまだ成子坂製作所でトライステラ☆が生まれるまえのお話――

シタラと舞の馴れ初めで盛り上がったわたしたちは、ゲームをするのも忘れてすっかり寛いでいた。

緊張もほぐれ、ようやく好奇心が勝った舞がこう聞いてきた。

「えっ、と、その……シタラちゃんとジニーのは……あ、あの……」

そうだね、当然そうなるよね……

「わたしとシタラの出会い？」

視線を送って、シタラを促す。

「んとねーっ、ひとことで言うとパパのお仕事関係」

「シタラちゃんのお父さん？」

「そそ、うちのパパ、ＩＴ関係の会社に勤めてるんだけど、海外とも取引しててー、その関係で頼まれたんだって。ジニーのホームステイ先」

「……だね！」

「そう、なんだ……えと、すごいね。こ、国際的？」

「すごくない、すごくないっ、パパったら簡単に安請け合いしたくせに、来るのは男の子だと勘違いしててさー」

「えっと……女の子だと問題あるの？」

「実家にはお兄ちゃんいるからさー、大学生の」

「あ、そう……だよね……年頃の異性が同居したら……」

「お兄ちゃんに限ってないないっ。わたしも裸足で逃げ出すほどのガチゲーマーで二次元の住人だぞー」

「えっ、でもバージニアさんみたいな美少女と突然の同居って……なにか、もう……」

「だから、それはないってー。でも、まー、いちおー配慮ってことでー」

「独り暮らし始めたばかりのシタラと同居することになったんだよ」

最後だけ、ちょっとフォロー。

シタラにばかり説明させちゃ悪いからね。

「ごめんね、待望のフリーダムシングルライフを邪魔しちゃって」

「いやー、最初は緊張したけど、ジニーだったからね。一晩中いっしょにゲームしたり、かえって楽しいよ」

「わぁっ、いいなぁ。えっと、バージニアさん学校は？」

「行くよ。シタラと同じところに。新学期からね。そのときはよろしくっ」

平和な東京シャードの女子高生たちのたわいない会話。

淡く、やわらかで、優しい色彩のなかに、わたしはいる――

でも……ほんの半年前までは、わたしはもっと違う景色を見ていた。


頬を弄るのは、中東の乾いた熱い風。

シューティンググラス越しに覗くテレスコピックサイトの景色。

レティクルに映るのは褐色の肌をした少年――と呼ぶにはあまりに幼い、か細い華奢な手足の男の子。


けれど、その子が持っているのは複数の手榴弾で、向かっているのは友軍の進路――これから行おうとしているのは自爆テロだ。

標準よりやや軽く調整されたアーリー・ファイヤーアームズM107狙撃銃のトリガーを絞る。

バットストックを当てた右肩に反動が来ると同時に、サイトのなかで血しぶきが舞い、地面に赤い飛沫の円ができた。

伏兵として潜んでいた奴ら――あどけなさを残した少年兵たちが驚いて湧き出してくる。どの子供たちもアサルトライフルや対戦車擲弾《てきだん》発射器で武装していた。

経験もなく、訓練もろくにされてないのだろう。初動で躓《つまず》いた作戦にしがみつき、自暴自棄になって、廃墟と化した街を通過する軍事車両を襲撃しようとしていた。

アクトレスにもなれず、兵士になる体力もなく、守ってくれる親もいない、哀れな子供たち。

だが、放置しておけば移動中の友軍が撃たれ、戦闘員も非戦闘員も区別なく被害を受けるだろう。

わたしは次々と狙いを定めた。

崩れかけた日干し煉瓦の壁に、血潮の赤い花が次々と咲いていく。

コンクリート壁に隠れた標的は遮蔽物ごと撃ち抜いた。

壁の向こうに起きた赤い小爆発が狙撃の成功を示していた。

それが、わたしが最後に見た鮮やかな景色。

それから、夢で何度も繰り返し見ることになる光景。

黄金の砂漠と灰褐色の廃墟に咲く、深紅の花々。


数週間後、わたしはペンタゴンシャードの上官の前にいた。

「バージニア・グリンベレー中尉《ルーテナント》、アナベラ・ブラッグ少佐《メイジャー》に用件あり参りました」

「用件はわかっている。除隊を勧告したことだな」

目の前の陸軍特殊作戦コマンド第1アクトレス特殊部隊隊長は、微動だにせず答えた。

「PTSDによる心因性色覚異常——軍医からの診断書を受け取っている。今後の任務遂行は不可能だ」

「わたしはまだ戦えます。分遣隊でのゲート急襲作戦で、それは証明しました」

「対ヴァイス戦なら正規軍のアクトレスで充分だ。特殊部隊《われわれ》が必要としているのは、そうでない相手も撃てるアクトレスだ」

「問題ありません。【ＳＩＮ】のアクトレスでもゲリラでもテロリストでも掃討してみせます、これまでのように」

「中尉、確かに君はこれまで数々の作戦に参加し、多くの戦勲を挙げてきた英雄だ。だが、どんな英雄も心に傷を受けたら立ち直れない。私はそんな事例を数多く見てきた」

「Ｓｉｒ！　Ｎｏ　Ｓｉｒ！　世界が灰色に見えても、トリガーを引く指がわずかに遅れても、わたしにはまだ戦意があります」

アナベラは、ふぅっと溜息をつくと上官、指導教官の顔から友人の表情に変わった。

「ジニー、私たちは特殊部隊のなかでも、さらに隠密性の高いアクトレス部隊。その活躍は決して表には出ず、今後も永遠に政府はその戦果を公式に認めることはない」

「それはわかってるよ、でも誰かがやらなきゃならない。だから……我ら《ディス》、これ《ウィル》を守る《ディフェンド》」

「だが、あなたは表舞台に出ることもできる」

「わたしがグリンベレー家の人間だから？」

「その場合、軍機密に当たる経歴には、相当する履歴が用意される。陸軍士官学校《ウェストポイント》の特別編入は君が希望する大学の卒業歴に、軍での戦功はアクトレスとしての戦果となる」

「それで？」

「正式に陸軍のアクトレス士官となり昇進を目指すか、民間アクトレス企業でアクトレス指揮官をして働くこともできる」

「有力な軍人一族の威光ってやつ？」

「君の戦功に報いるためだ」

「せっかくだけど、それはお断りするよ。グリンベレー家の人間だからね。代々、非正規戦に生涯を捧げてきたんだ。父も母も、曾祖父も曾祖母も……」

「退役するつもりは？」

「ないよ、何度も言わせないで。わたしはまだ戦える」

「わかった。では、中尉には東京シャードへ行ってもらう」

「東京シャード？　それは休暇を取れってこと」

「特殊任務がある。DIAやCIAから、せっつかれている。語学力もエミッション能力もあり、うってつけだ」

「それってALICE探索？　雲をつかむような任務だね」

「任務を果たすか、障害が回復すれば原隊への復帰を約束する」

「了解。必ず戻ってくる《アイシャルリターン》よ」

東京シャードに初めて降り立ったのは横田の滑走路だった。

ヘリで六本木へ行き、メトロで西葛西へ、のち西新宿へ。

わたしにとっては、どこでも違いはなかった。

すべてが、どこも等しく灰色の世界なのだから。


ドアを開け、わたしを出迎えてくれたのは褐色の、おそらくインド系の褐色の肌をしているであろう少女だった。

「えっ……えっ？　バージニアさん？」

シタラという少女は急襲を受けた新兵のように戸惑っていた。

「パパから聞いてるけど、今日から？　いきなり？　あっ……あの……ちょ、ちょっと待って。へ、部屋っ片付けるからっ」

「いいよ、わたしはどこでも寝られるから」

彼女のありのままの生活を把握しておいた方がいい。

わたしはそのまま部屋へ入った。

なにも問題はない。わたしはどんな環境でも生き残れる訓練を積んできている。

「……おっと！」

キッチンが段ボール箱に占拠されていたり、クッキングヒーターの上にプラモデルが積んであったり、リビングにコミックブックなどが散乱しているのは予想外だった。

これが世に聞くおたく《ナード》ってやつかな？

戦場にも軍隊にも士官学校にもいなかったけど、そういう人たちがいるのは知っている。

「こ、こ、この惨状はいまだけ。ちょっぴり限定品とか買いすぎちゃっただけだからー」

「片付けるなら手伝うよ」

劣悪な環境下で戦えることと、秩序ある清潔を心がけることは矛盾しない。

シタラの指示を求め、室内の整理整頓を行った。

ようやく見えたフローリングの床の上に見慣れた拳銃があった。

「Ｍ９？」

「えっへへー、いろんな作品に出てくるから買っちゃったー」

「米軍正式採用拳銃を？」

日本は銃規制があったはず。

手に取ってよく見ればトイガンだった。

「ずいぶん精巧だね。よくできてる」

「だよねー。ずしりと重くて気分でるー」

「わたしが使ってたのはＭ１８だったけどね」

「バージニアさんも好きなんだー」

「好きっていうか……命を預けるもの、だよ」

「おおっ、さすがっ。本気の度合いが違う」

なんだろう？　なぜかシタラは楽しそうにしていた。

「やっぱり、あれですか？　バージニアさん」

「ジニーでいいよ。ジニーって呼んで」

「わかった。んじゃ、ジニーはやっぱりガン派？　それともサバゲ？　あるいは両方で？」

「なにを言ってるのかわからないけど、たぶん違うよ」

任務を考えれば言うべきではなかった。

やけになっていたと言われても仕方ない。

でもね、誇りを傷つけられて黙っていられるほど、お人好しじゃない。

「本物を――撃ってたんだよ」

「まじで⁉」

シタラは目を丸くする。

そりゃそうだよね、シタラは東京シャードの普通の高校生なんだから。

「さすが本場は違うね！　そうだよ、本物に触れられるんだもん」

「いや、だから、そうじゃなくて」

これもPTSDなのかな。

日本語で会話する思考ベースのせい？

冷静なわたしよりも、感情的なわたしが心を支配していた。

「わたしはこれをしていたんだよ」

手近にあったなにかのパッケージを指で示す。

そこに写っていたのは迷彩服姿のアメリカ陸軍兵士たち。

「おおーっ！　FPSもやってんのー。ミリオタでガチゲーマー？　ジャンルちょっと違うけど興味あるー。今度、教えてよー」


——そうだった。

なんで、こんなに簡単なことに気づかなかったんだろう。

東京シャードには軍隊もなく、戦線からあまりにも遠い。

戦争も戦場も軍人も、それらは現実よりも虚構的《フィクショナル》な存在なんだ。

きっとなにを言っても信じてもらえない。

同い年のわたしが体験したことも、喜びも悲しみも怒りも——ここでは限りなく作り話に思われるだろう。

超空間ゲートから次々に送り込まれる精強なヴァイス群と戦い、フィールド限界を超えた戦友が星の海へ消えていくのも――

あの日、少年兵たちを狙撃したことも――

ゲリラを一掃するためにギアを使ったことも――

アクトレス同士で殺し合ったアルフライラの空も――

なにも、わかってはもらえない。

「――あははっ」

「どしたの、ジニー。なにかおかしかった?」

「なんだか……夢みたいだなって」

そう、わたしの過去はわたしだけのもの。

誰にも理解してもらえはしない。

――なぜか、心のつかえが取れた気がした。

わずかに灰色の世界が明るく色づいて見えた。

最初に見えた色は、わたしの顔を覗き込むシタラの瞳。

濃い翠緑《エメラルドグリーン》の瞳が、深い慈愛に満ちているかのように美しく煌めいていた。


その緑の瞳を輝かせ、シタラは舞にわたしたちの出会いを語っている。

「それじゃあ、シタラちゃんとジニーはこの部屋のお掃除でなかよくなったんだ……」

「もーねー、あの時点でジニーにはなにもかも見透かされちゃったようなもんだからー」

「んー、それは……確かに……」

「でも、そのおかげで距離が縮まったから、結果オーライ」

「だね！　わたしもそう思うよ……心から」

わたしとシタラの距離――遠く離れているからこそ、わたしには救いとなった。

遠いからこそ、美しく輝いているエメラルドグリーンの星。

「ねぇ、シタラ。お腹空かない？」

「あー、もうけっこうな時間だね」

「舞も夕食、食べていきなよ」

「いいの？」

「ケータリングピザ取ろうよ、シタラと最初に会ったときみたいにさ」

「そうなの？　よく覚えてるね」

「いやー、まあ、そうするしかなかったというかー」
「キッチンの片づけはまだだし、冷蔵庫は空っぽだったからね」
「だーかーらー、あのときは偶然そうだったんだってー」

初めてシタラと食べたピザはまだ灰色がかっていた。
舞と3人でシェアしたら、どれだけ鮮やかに見えるだろう?
すべての傷が癒え、世界が元に戻ったとき——
わたしは元居た世界に戻れるんだろうか?
でも、それはまだ……きっと先の話。

——そう、彼女たちがトライステラ☆となるのは、もう少し先の話。

《終》

「おい、聞いたか?」

ひび割れた窓ガラス……くだらない無数の落書き……。

「あぁ、今度は池袋《ぶくろ》で三人、タコ殴りだろ?」

吐き捨てられた吸い殻《ヤニ》……醜悪に汚染された廊下……。

「いやいや、五人って話だぞ」

日常に飽いた稚拙……持て余した熱情……。

「どっちにしろ、あいつはヤベェって」

狡猾に訪れた幻滅を前に、繰り返された自棄と自暴……。

儚《はかな》く砕けた純真さの残骸が腐敗し、堕胎を許さぬ禍機《かき》となり……。

抑えきれない衝動が暴力へと変貌するとき、誰も彼もが有無を言わさぬ刹那の狂乱に呑み込まれていく……。

ここは
東京シャード最低、最悪
野良犬たちの吹き溜まり
──都立　芦原高等学校──

『Save your Breath 東京不干渉 ――そして最強へ――』 Episode1

朝日 文左：著
ピナケス：画

「凰さん、これで何度目ですか？」

そう尋ねられても、いちいち遅刻《そんな》ことの数など覚えているわけもなく。

「さぁ」

と、答える以外に手立てがない。

「もうお昼になるんですよ」

職員室にかけられた時計に目をやる。

あぁ、ここの時計はちゃんと時を刻んでいる。

「なにか言うことはないんですか？」

「特に」

目の前の女性が、ムッとしたのがわかる。

それにしてもこの人、実年齢よりもやけに烏の足跡《めじりのしわ》が目立つ。

まぁ、こんな場所に新卒で赴任してくれれば、嫌でもそうなるか。

「それと、このあいだ提出してもらった進路調査ですけど」

「なにか？」

彼女は溜息を吐き出すと、こめかみを押さえた。

「鷹匠《たかじょう》って、なんですか？　鷹匠って」

「将来の夢」

「鳳さん……もう高校2年生なんですよ。もっと真剣に将来と向き合わないと」

「それ、向き合った結果です」

「鷹匠が？」

「ええ」

今度は頭を抱え、黙り込む。

やれやれ……忙しい人ね。

「もうわたし、行っていいです？」

「えっ？」

いや、そんなに驚かれても、こっちだって予定がある。

これ以上ここで時間を費やすと
「お昼食べる時間なくなるんで」

鳩が豆鉄砲を食ったような彼女を無視して、職員室を後にする。

どうせ、担任と呼ばれるあの人も、いずれ他の教師《おとな》たちと同じようになるのは時間の問題。

胸に描いた夢と理想を保ち続けるには、芦原《ここ》は難し過ぎるから。

だからこそわたしは渇望する。

何人にも折られることのない強靭な鋼の如き風切羽《つばさ》を持つのだと。


「ちょ、ちょっと、おお……とり……さ、ん……」

「また、鳳ですか？」

「え、あ、教頭先生……」

「聞きましたよ。先日も池袋で大立ち回りを演じたのだとか？　まったくアイツはどうしようもないヤツだ」

「それについては、正当な理由があったと校長先生にご報告し、ご理解いただけたはずです」

「正当な理由？　鳳に？」

「困っていた女性を助けるためです。あれは、止むに止まれずだったんです」

「止むに止まれず、六人もの相手を殴り倒したと？」

「違います。相手はふたりです。それに彼女は、殴ってなんかいません」

「殴っていない？　では、鳳は何をしたのですか？」

「太ももに……膝を一発《チャランボ》……です」

「はぁ？」

「で、ですから。相手の方々もだいぶ酔っ払っていて、鳳さんは目の前で困っている女性を放ってはおけず」

「相手が酔っ払っていれば、暴力をふるっても正当化されるのですか？」

「……確かに、暴力は問題です。しかし、仲裁に入った彼女の胸ぐらを先に掴んできたのは、酔っ払った大人たちなんですよ」

「それを言うなら、そもそも未成年者である鳳が、歓楽街などに入り浸っていたことこそが問題なのです。まったく何をしていたのやら」

「そんな言い方、彼女はただ帰宅中に」

「もういいでしょう。何がどうであれ、結局のところ鳳が暴力をふるったことに変わりはないのですから」

「待ってください！　どうして、いつもいつもそうなんですか？　もう少し彼女の言い分にも耳を傾けてください。そもそも芦原の教師《わたしたち》が生徒を信じないでどうするんですか？」

「信じる？　貴方は何を言っているのですか？　ここは所詮、芦原《はきだめ》ですよ」

チュンチュン
チュンチュン

「ねぇ、そんなにおかしい？」

パンを与えることに賛否があることを知ったのは、いつだっただろうか。

だからこそ栄養バランスを考慮したナチュラルシードにしているというのに、小さな身体で懸命にエサを啄《ついば》むことに夢中な彼らからの返答は、今日も無い。

「もぉ、食べてばかりいないで何か言ってよ」

羽づくろいをはじめた一羽と瞳が重なる。

「わたし、真剣なの」

あれは、忘れもしない。小学六年生のときだった。

冬休みを前に「鷹を見た」と、クラスの男子が得意気に語っていた。

幼いわたしは、その噂だけを頼りに双眼鏡を握りしめ、都内で一番大きな神宮へ通い続けた。

珍しく午後から雪帽子が降っていたあの日。

鬱蒼《うっそう》とした木々の梢にとまる一羽の蒼鷹《オオタカ》。

佇んでいるだけなのに、気品と風格を兼ね備えた揺るぎようのない矜持に満ちた姿。

あの日の感動と慟哭をわたしは一生涯忘れないだろう。

こんなわたしが、あの日だけはサンタクロースの存在を信じてもいいとさえ想い、こみあげたものが頬を伝うに任せ、長い間、立ち尽くしたのだから。

「おかげで新年は、高熱にうなされながら迎えたけどね」

一羽がスカートの裾を啄む。

「はいはい、今日はたくさん食べるのね」

シードを与えながら、やっぱりあの瞳はずるいと思った。

人間の約7倍もある視力で、あの日の蒼鷹は何を見ていたのだろうか。

あの瞳に、わたしは、この世界は、どう映っているのだろうか。

猛禽類《もうきんるい》特有の鋭い眼光で射られることを想像するだけで……。

だめ、たまらなくなる。

自然と両の手が、己が肩をかき抱く。

「そうそう、意外と神経質なギャップもいいと思わない？」

一羽が言葉に反応し、首をかしげた。

食物連鎖の頂点に君臨し、絶対的な力を保持していると思われる猛禽類。

もちろん、比類なきその強さが彼らの魅力であることに、疑いを挟む人間などいないだろう。

だがその実、彼らは非常に繊細で、大きな変化を嫌うという。好奇心旺盛な烏や高い順応性を持つ鳩などと比較すると、彼らはずっと臆病だとも言われている。

恐らくそれは、強さと表裏一体の脆《もろ》さであり、細やかな弱さを受け入れてこそ、彼らは強者足るのだ。

「やっぱり、なりたい」

そんな猛禽類と共に生きる人間がいる。

彼らは「人鷹一体《じんよういったい》」の精神に体現されるように、文字通り鷹とひとつとなることを許された存在であり、鷹に選ばれし者たち。

――鷹匠――

その起源は古く、日本で鷹匠の存在が現れるのは仁徳天皇の時代。

天皇は、大陸より渡ってきた兼光《かねみつ》という鷹匠に呉竹《ごちく》という妻を与えると、彼女は夫の技と精神を余すことなく会得したという。

そう、何を隠そう、日本人初の鷹匠は女性であったのだ！

この伝承が、わたしを奮起させるには十分であったことは言うまでもない。

「まぁ、諸説ありではあるんだけどね」

そういえば、天下に覇を唱え、第六天魔王と名乗った英雄もまた、鷹に魅了され、鷹に心血を注ぎ、鷹に夢中になったひとりだ。鷹と彼のエピソードは事欠かず、鷹を通してわたしたちは連綿と繋がっているのだと想うと、彼《か》の英雄に好感を抱かずにはいられない。

「あ……」

気配を察知した鳥たちが一斉に羽ばたいた。

「やべ、鳳だ……」

「だから体育館裏《こ こ》はダメだって言ったんだ」

「目ェあわすなよ」

スカートを払い、立ち上がる。

「どいて」

道をゆずった男子生徒のひとりがピアスの刺さった唇を歪める。

「鳳、お前、鳥に話しかけるとか、悪い薬でもやってんのか？」

「おい、やめとけって」

「五月蠅《うるさ》い」

ひと睨みすると、サッと蜘蛛の子を散らすように消えていった。


——もしも——


本当に鳥たちと会話することができるのなら。

恐らく、どんな副作用があったとしても、わたしはその薬を平気で飲み干すだろう。

ただ、惜しむらくはこの世のどこを探したとて、そんな夢のような薬を分けてくれる魔法使いはどこにもいない。

「本当に言葉が交わせるなら……訊きたいこと、たくさんあるのに」

空を見上げ、詮無きことを独り言《ご》ちてみると、こみあげる切なさがまるで風見鶏のように廻るだけだった。

だめだ……お昼も食べたし、もう今日は帰ろう。

校舎に背を向け、錆びつき軋むフェンスをよじ登る。

「凰さん、どこに行くんですか？」

「帰ります」

「さっき登校したばかりでしょ？」

「何かご用です？」

「あのね、池袋での件だけど」

「それが？」

「実は、反省文をね、教頭先生に、書いてもらえないかしら」

「意味がわかりません」

「このままじゃ貴方、修学旅行へ行けないかもしれないの！」

はぁ？　修学旅行？

「ごめんなさい。びっくりしちゃうわよね」

待って、驚いたんじゃない。わたしは呆れているだけ。

野良犬集団などと嫌悪される芦原《あしはら》がなぜ修学旅行なのかと。

「鳳さんも修学旅行には参加したいでしょ」

「いえ、割と本気で、行かなくていいです」

「ダメよ！　だいたい貴方、教頭なんかに負けて悔しくないの？」

「だから、意味がわかりません」

彼女が言うには、教頭がわたしの素行不良を論《あげつら》い、修学旅行へ参加させないように御尽力くださっているそうだ。

「どうでもいいです」

「うーん……。それなら、あのね、鳳さん。こういうことを教師が生徒に提案するのは気が引けるんだけど」

気が引けるなら、はじめから提案しなければいい。

「鳳さん、鷹匠に本気でなりたいの？」

頷く。

「だったら見学してみますか？」

「本当にさっきから意味がわからないんですけど」

「だから博多シャードに居るのよ、鷹匠。私の知り合いなんだけどね。修学旅行の自由時間にどう？」

何故、先にそれを言わないの。

「じゃあ、反省文書きます」

「えっ？　本当に？　いいの？」

そんなの当然、書くに決まっているじゃない。

――だって、貴方が鷹匠に会えるって言うから――

《to be continued》

「皆さん、昨日の博多の街はいかがでしたでしょうか？」

バスは走る。

シーサイド沿いの環状線を、キラキラと水面を照らす太陽光ライトを一身に浴びた博多湾を背に。

「楽しめましたか？」

仕事だと割り切ったガイドさんの笑わない瞳から発せられる虚しい声を響かせながら。

「これから皆さんは、今年も日本一に輝いた博多シャードの誇り、小倉スキップジャックスの本拠地、博多ドームがある小倉へと向かいます」

地球時代の区分でいえば、博多湾を有し、華やかな独自文化によって、経済の中心地として栄えた福岡地域と肥沃な筑紫平野のほぼ中央に位置し、農業に特化した筑後地域を含む博多フロアを上層部に持ち。

「今年レギュラーに定着した日向リキ選手は、最多本塁打、最多打点の二冠に輝きました」

豊富な地下資源に支えられ、重工業の要とされる北九州地域と筑豊地域からなる地下フロアに分かれた二段構造という特色を持つ博多シャード。

「おい、明日の自由行動の時間。わかってんだろなぁ？」

ご丁寧に用意された修学旅行のしおりには、そんなことが書かれていた。

「あぁ、それまでは大人しくしてろよ」

けれども、このバスに乗車しているわたし以外の人間に、そんなことは微塵も関係がない。

彼らの目的はただひとつ。

「ぜってぇ、潰してやっからよ。濠黒館《ごうこくかん》……」


博多シャードをバスは走る。

東京シャード最低、最悪。

そう嘲られる野良犬たちを乗せて。

『Save your Breath 東京不干渉 ――そして最強へ――』
Episode2

朝日 文左：著
ピナケス：画

博多の駅を少し走ると徐々に都市的な建物は姿を消し、在来線を一本乗り換えたところで、豊かな緑が多くなってきた。

そろそろね。

担任から手渡されたメモをポケットから取り出し、目的の駅名を再度確認してホームへと降り立った。

否応なしに鷹匠への期待が胸いっぱいに膨らんでくる。

そう想っていた矢先、

「あぁん？　なんばガンつけとーとや！」

突然、怒声をあげる輩。

「んだぁ　ゴラァ！」

怒声に怒号で返事をする輩。

残念なことに、鷹匠がいると教えられたこの駅を最寄り駅として利用している学校があった。

――濠黒館工業高等学校――

担任と呼ばれる女性が、近寄ってはいけないと再三忠告していたこの学校は、なんでも血の気の多い博多っ子《あかんたれ》たちが自然と集まり、博多シャード最凶の武闘派集団と恐れられていて、その歴史は抗争に彩られ、未だかつてこの学校を統率した者はいない、のだとか。

わたしからみれば、何と言うことはない。

要するに彼らは、博多シャードにおける芦原ということに他ならず、そういう輩というのはどここにでもいるというだけ。

で、今年のいつであったか詳しいことは知らないけれど、濠黒館が東京シャードに修学旅行——ここも？——に来た際、芦原の生徒がボコられたとかで、芦原の生徒たちは意趣返しに躍起になっていたんだとか。

だからこうなる。

「芦原上等ばいっ！」

「濠黒館っ！　覚悟しろぉ！」

それにしても、どうして貴方たちはたったそれだけの語彙でコミュニケーションが成立するの？

鳥たちは、もっと多様な声で相手に呼びかけるというのに。

「おいっ！　鳳！　お前も加勢しろっ！」

「イヤよ」

わたしは一刻も早く、鷹匠のところへ行きたいの。

こんな無益な闘鶏《コックファイト》に付き合ってる暇は……。

「何か用？」

「あんた？……芦原の生徒と？」

「だったら、なに？」

「ふーん……いい度胸しとっとーね」

「はぁ？」

「あぁっ？」

何この人？　すごく邪魔なんだけど。

「ちょっと、どいてくれないかしら？　わたし、そっちに用があるの」

「なんね？　あんたこそ先にどきんしゃい。うちはこっちに用があるとね！」

「……顔、近いんだけど」

「それは、あんたばい！」

「はぁ？」

「あぁっ？」

何この人？　すごく面倒くさいんだけど。

そんなことを想っていると、どこかの誰かが叫んだ。

「栗山！　そいつが東京シャード最狂の鳳ばい！」

「あぁっ？　それホントか？」

栗山と呼ばれた目の前の彼女がわたしを見据える。

「鳳！　気をつけろっ！　栗山は今年のインハイ、組手《マッソギ》の女子マイクロで優勝したって話だ！」

「そうなの」

わたしも彼女を見据える。

わたしと彼女の瞳が交差した刹那、それを待っていたかのように、堰を切った騒乱が狂喜乱舞の宴へと移り変わっていった。

「やっちまえっ！」

「ぼてくりこかせ！」

血煙をあげながら倒れる者。仲間をかばい、必死にもがく者。

ただひたすら殴り、殴られるだけの光景が眼前に広がっていった。

十把一絡げに疎まれ、蔑まれた者たち。

結果、こんなことでしか己を表現できない哀れな闘鶏――たちのことなんてかまってられないわ。

なぜなら、そんなことより、わたしたちには確かめなければならないことができた。

「あなたが栗山……さん？」

「あんたこそ、鷹ば見学しにきた……鳳……さんね？」

「はい、今日はお世話になります」

「待っとったよ。よくきたね」

そういうことだから。

はじめての体験とはいえ、思っていたよりもだいぶ遅れた。

けれどもそんなことは意に介さず、老練な蒼鷹《かれ》は、低く、低く、そしてそこから伸びやかに舞いあがっていった。

雄姿が真っ青な空へ吸い込まれていき、仰ぎ見たその瞬間、わたしは悟った。

「姿が見えない……」

「そうばい。蒼鷹《オオタカ》は、空と一緒になるとね」

空と一緒になる。

そう、陸上では目立つ――ただ単に人間の目から見てという理屈でしかないのだが――彼らの羽の色ひとつひとつには、ちゃんとひとつひとつ意味があり、彼らは空と同化するために、その姿を持ってして蒼鷹であるとされる。

「十把一絡げの軍鶏《あいつら》たちとは大違いね」

「そげん辛辣なこと言うて。あんた友だち少なかとね？」

「気にしたことないわ」

「ははっ、そうかそうか。あんたはそげんこつ気にするタイプじゃなかとね」

＊　＊　＊

あなただって、そんなことを気にするようなタイプにはお世辞にも見えないわね。

わたしがそう伝えると、両頬にエクボを作って彼女は笑いながら、腕を伸ばせとジェスチャーをする。

わたしが頷くと

「ホウッ」

と彼女は一声発し、舌をチチッと鳴らす。

蒼鷹がわたしの革製の手袋《エカゲ》にとまった。

「うまい、うまい」

「いいえ、羽合《あわ》せのとき遅れたわ」

「はじめてで、そんだけできたら上出来ったい」

そう言って再びエクボを作って微笑む彼女は、栗山《くりやま》昭《あき》。

わたしと同じ高校2年生で、どうしてもわたしを修学旅行へ連れていきたいと願う担任が紹介してくれた鷹匠の孫。自身も鷹とともに寝食を共にし、その技を取得するための訓練を幼いころからしているのだという。

正直、うらやましい限りだ。

「もう一度、やってみんね?」

餌をついばむ蒼鷹に尋ねてみると、気配もさせずに、年輪を重ねた古樹のように優しい声がした。

「いいのかしら?」

「よかよか、もう一度、やってみるばい」

「あ、爺ちゃん」

「今日は、突然の訪問にもかかわらず……」

「みなまで言わんでよか。話ば孫娘から聞いとったとね」

しわしわな頬が気さくに微笑む。

優れた者ほど優しい。

その言葉を体現しているかのような老匠の微笑みにわたしは救われる。

「姉ちゃんから鷹匠になりたい生徒がおるって聞いたときは、家族全員ぶったまげたとー」

「はははっ、このご時世、鷹匠になりたい言うは珍しかけんね」

やれやれ……そういうことらしい。

小さく頭を振り気持ちを切りかえると、伝わったのだろう。

蒼鷹《かれ》の表情が引き締まり、食物連鎖の頂点に君臨する選ばれし者の瞳になる。

「あなた、本当に賢いのね」

返事はしない。ただ、静かにヒリヒリとした空気が頬を刺激する。

無心で羽合《あわ》せた——

「やったばい！　最高のタイミング！」

ほんの一瞬だったが蒼鷹とひとつになれた気がして、全身が泡立った。

余韻に震えるわたしを見据え、

「賢い子ばい。二度目で上手に合わせたとね」

「ありがとうございます」

老匠はまた微笑む。

「鷹が、ね」

「えっ？」

どういうこと？

「鷹匠は、鷹に仕えるとが本分。鷹を主だと思わんといかんばい」

「そのつもりです」

微笑みながら老匠はかぶりをふった。

「鷹は、ばり賢かよ。鷹匠は、そん鷹に利用されてこそ本望。鷹が気をつかっとったら狩りにならんとね」

「鷹が気をつかう？」

「そうくさ。あん子は、あんたに気ぃつこうとる」

「あの子が？」

老練な鷹の目が真っ青な空を見据える。

「鷹匠《わしら》は、鷹が据《す》える樹にならんといかんばい。気持ちよか気分でいつでも帰ってこれる樹に」

太陽光が眩し過ぎて一瞬、蒼鷹《あのこ》を見失った。

「でも、あん子はあんたから離れんとね。あんたが見える位置で待っとる」

老匠の言葉に呼応するように蒼鷹が啼いた。

「ほら、あん子はあんたば主だと思っとるくさ」

「で、でも、わたしは今日がはじめてで」

「そげんこつは関係なかよ。鷹がそう感じてしもうとる」

「ど、どういうこと……ですか？」

優しい老匠から、特有の微笑みが消えていた。

「鷹は、鷹として生まれるんじゃなか。鷹に成るために生まれてきたんばい」

どんなに優れた能力を持って生まれたとしても、鷹として学び、経験を蓄積しなければ鷹は鷹にはなれない。まして鷹匠に屈する鷹では、それはもはや鷹に非《あら》ず。ただの鳥と同じだと。

そう話し終えると、幾年も鷹を据《す》えてきた手を老匠は差し出した。

指のひとつひとつに五常の精神がこめられた革製《エカゲ》の手袋を渡せという合図だった。

「ホウッ」

つぶやきにも似た音量。だが自然と通るその掛け声のもとに蒼鷹は当たり前のように帰ってきた。

「あんたが鷹ば好きなこつは瞳ば見ればよーくわかるとね。ばってん、あんたに鷹匠は向いとらんばい」

「修行をしてもダメでしょうか？」

古樹に本来の微笑みが戻る。

「一流は無理ったい。二流が精いっぱいくさ」

「二流……」

「爺ちゃん！　初対面でそげんこつ言ったら失礼と！」

「ばってん、本当のことばい。こん人が生きるに、もーっと向いとる場所があるくさ」

「やめり、爺ちゃん。加純ちゃんがしょげてしもうとるやろ」

申し訳なさそう顔をして昭がわたしを気づかうほど、わたしはしょげている。

それはそうに決まってるじゃない。

――だって、お爺さんが鷹匠に向いてないって言うから――

《to be continued》

アリス・ギア・アイギス
alice gear aegis
Actress Ep.
アクトレス エピソード

凛とした静寂を携えた正門は、まるで怒号と喧噪の日々《わたしたちのにちじょう》を忘れでもしたかのように、花惜《はなおしみ》に吹く風に身を任せている。

「綺麗」

掃き清められた昇降口に、誰かが生けた赤いスイートピー《門出》と白いカスミソウ《感謝》が、紺碧の花器に遠慮がちに咲いている。

「凰さん……」

わたしを呼んだ女性は、フォーマルなモノトーンのワンピースに身を包んでいる。

胸元よりも少し高い位置に飾られたコサージュが、今日という日に彩りを添えて。

終《つい》ぞ「先生」と素直に呼ぶことはできなかった。

だが、きっと、いつか、わたしがもっともっと歳を重ね、この季節を迎えた時、懐かしく思い返す日がくるのだろう……。

誰もが通り過ぎる春を。

そう想うと、自然。

「なんだか今日、かっこいいですね」

そう言って、きっかけをくれた恩人に小さく頭をさげる。

ふふ、その鳩が豆鉄砲を食らったような顔を見るのもこれが最後。

証書が収められた丸筒をわたしの胸に押し付けながら、彼女はこめかみを押さえる。

「もうとっくに卒業式、終わってますよ……」
その言葉に、わたしは小さく、だが、たしかに頷く。

そう、わたしは
東京シャード最低、最悪
野良犬たちの吹き溜まりと誹られた
都立　芦原高等学校を

——巣立っていきます——

『Save your Breath 東京不干渉 ——そして最強へ——』
Episode3

朝日 文左：著
ピナケス：画

――あんたに鷹匠はむいとらんばい――

あの日、国家の宝と称される鷹匠は、事も無げにそう告げた。

勿論《もちろん》、わたしは茫然自失。

それはそうよ。

本来であれば、あの場で直ぐにでも弟子入りを志願し、博多シャードで修行をはじめる。

教頭に反省文まで書き、そんな淡い期待と、恐らく誰にもわかってもらえないであろう相当な覚悟を持って挑んだ修学旅行だったのだから。

であれば、別の土地で別の鷹匠の元で――という選択もできたはずだった。

けれどもそれは、きっと違うのだろうと思った。

いや、思ったのではない。わたしに背を向けた蒼鷹《オオタカ》と古樹の背中が
「間違えるな」

そうわたしに忠告しているのだと直観しただけ。

ただ、あながちそれは間違いではなさそうだった。

なぜなら
「なして加純ちゃんは、鷹匠になりたかったと？」

沈黙を押しのけて発せられた昭《あき》のその言葉が全てを物語っていたのだから。

「かっこいいから」

そう答えて、己の中に消化不良の未練が幾重にも折り重なっていることに気がつく。

これを断ち切るのは、並大抵のことではないはずだ。

「なんち？」

だが、昭には聞こえなかったらしい。

やれやれ……。

想いを断ち切りたい一心でわたしは、普段よりもだいぶ大きな声で、はっきりと答えた。

「か・っ・こ・い・い・か・ら！」

「はぁ？」

わたしの声を耳にした昭は、鳩が……。

「本当に姉妹なのね。同じ顔、してるわよ」

「なんね、それ」

そう言って彼女は両頬にエクボを作ってくれた。

「もっと将来のこと、ちゃんと考えないけんよ。加純ちゃん」

「わたしには、十分すぎる理由だったの」

「かっこいい、が？」

「そうよ」

笑うかと思った、わたしの夢を。

でも違った、昭は。

うんうんと、顎に手を当て眉間にシワを寄せると
「わかる、うちの爺ちゃん、ばりかっこよかもんね？」

そう言ったのだった。

「ええ、かっこよかったわ」

お互いそれ以上の言葉を告げなかった。

きっとあの頃のわたしたちは、「かっこいい」という言葉の中に自ら縒《よ》り合わせた理想と熱情、その先にある憧れを的確に表現する術を持っていなかったのだろう。

しかしながら、今であれば、わかるかもしれない。

きっとわたしたちは「かっこいい」というその言葉の中に、本来であれば言葉を交わすことすら叶わず、常人であれば意に介さない些末《さまつ》なことに心を砕き、突き詰め、ただひたすらに猛禽類《タカたち》と心をひとつにする道を極めんがために鷹匠が長い歴史と伝統を持って紡いできた純粋な「美しい生き方」に心奪われていたのだと。

ふと昭が言った。

「あんた、鷹が鷹以外のもんになろう言うとったらどげんするとや？」

「え？」

「ごめん。これは意地悪な質問やね。気にせんでよか。ただ、うちはね……」

中学3年の春までの昭には、確かにエミッション《それ》があったのだという。

「そのために、ずーっとテコンドーば頑張ってきたと……」

しかし、それは予告も無く彼女の内側から忽然と消え去り、残されたのはアクトレスに成りたいという遣る方のない憧れへの残骸。

「荒れに荒れた結果、いつの間にか濠黒館の栗山になってしもうたとね」

そんな時、姉をはじめ両親の心配を他所に、鷹匠に成れと声をかけてくれたのが祖父であったという。

「よか大木になるーって言ったとよ、あの爺ちゃん。うちも女の子ばい！」

愛情のこもった祖父への悪態を口にする昭の横顔。

わたしは、何度も尋ねようかと思案しては飲み込んだ。

——ねぇ、あなたは、どうやってその想いを断ち切ったの？——

いや、あの時、訊く必要はなかった。

なぜなら
「加純ちゃんはあると？」

「たしか、あったはず」

「よかねー」

「そんなことないわよ。あなたの方こそ」

無いものねだりに思わず顔を見合わせ笑ってしまった。

「加純ちゃん、アクトレスになり」

「突然、なに？」

昭は祖父と同じ言葉を口にした。

鷹は、鷹として生まれるのではない。鷹と成るために学び、経験を蓄積していくのだと。

鷹は、鷹匠を利することはあっても鷹匠に屈してはいけない。

そして鷹匠は、そんな鷹に仕えるのだと。

「うちな、鷹が鷹以外のもんばなろう言うっとったら、かなり本気で止めるけんね」

「そんなこといわれても」

昭は続けた。

人類は常にヴァイスの脅威に晒され続けている。

「いまだってそうばい。脅威は薄れたー言うても、アクトレスがおらんとどげんにもならん」

見ず知らずの誰かがアクトレスとして戦わない限り、見ず知らずの誰かの幸せはない。

それが今、わたしたちがおかれた世界の実情《リアル》。

誰かの平穏な日々を。

誰かの大切な人の笑顔を。

そういった小さな幸せと呼ばれる欠片たちを守るためには、アクトレスが戦い続ける以外に方法がない。

「だったら能力があるもんが、その勤めば果たすしかないとね」

そう語る昭の頬を
「ご、ごめん。おかしいね、うち……」

砕けた夢が雫となって流れ落ちていった。

差し出したわたしのハンカチも受け取らず、ゴシゴシと袖口で拭うから、

「もぉ、真っ赤じゃない」

あははっと、いたずらっ子みたいな笑顔を見せた昭が言った。

「決めた！　鳳 加純の将来の夢！」

「え？」

「ヴァイス根絶っ！」

「ちょっと、夜露四苦みたいに言わないで」

「かっこよかろうねー、加純ちゃんのアクトレス姿！」

「そんな勝手なこと……」

そう言いかけた刹那、
バッシッ！

思いっきり背中を叩かれた。

「痛っ！」

「決まりたい！　うどんば食べいこ！　加純ちゃん」

「そこは、豚骨ラーメンじゃないの？」

昭のエクボを夕焼けが照らした。

背中をさすりながら、暮れなずむ空を見上げたわたしは、改めて博多シャードの日は長いのだと感じた。
＊　　＊　　＊

こうして今でも昭とわたしの交流は――お互いに気が向いた時だけと前置きは必要だが――続いている。

そういえばあの後、ごぼ天うどんを完食し終えたわたしたちは、芦原と濠黒館の喧嘩に出くわした。

まだやっていたのかと呆れたが、きっと彼らも振り上げた拳の行き場に困っていたのだろう。

「あんたら！　今日から芦原に手だしたらゆるさんばい！」

この昭の鶴の一声と
「加純ちゃんもよかね？」

「ええ」

どうやらわたしの相づちによって、芦原と濠黒館との間に東京不干渉の約定が結ばれたらしい。

――余談だったわね――

高校を卒業したわたしといえば、アクトレス事業を抱える中堅所の商社へと就職した。

ただ、ここでも理想と現実の乖離は甚だしく、

「イヤです」

「そう言われてもなぁ。うちのブランディングも兼ねてるんだよ。衣装も用意しちゃってるし」

「ムリです」

「アクトレスだろ？　それくらい会社に貢献してもらわないと。他の子はテレビ出演できるって喜んでやってるんだよ」

これが人類のために戦うアクトレスの現状《リアル》……。

とりあえず一ヵ月は我慢もしたのだが、その後のわたしといえば、アクトレスとして出撃する以外の時間を転職サイトとにらめっこするために費やしていた。

流石に新入社員がこれでは示しがつかなかったのか。はたまた本当にそうだったのか。

今となっては知る由もないが、アクトレス事業部のテコ入れという名目で、ＡＥＧｉＳ東京から指導教官が派遣されてきた。

正直、アクトレスを指導する前に、ここの企業体質を指導でもしてもらった方が幾分わたしも

過ごしやすくなるのにと思ったりしていたが。

「鳳さん、これ本気なの？」

「ええ、わりと真面目に本気です」

「ヴァイスの根絶、ね」

「……茶化《ちゃか》してンです？」

「いいえ、鳳さん、あなたＡＥＧｉＳに興味ないかしら？」

「はあ？」

初対面で、こんな唐突な事を言い出してきた人。

それが山野《やまの》 薫子《かおるこ》さん――わたしの新しい上司――。

わたしを引く抜く際、会社をはじめＡＥＧｉＳの教練室長なんかといろいろあったらしい。

恥ずかしながら、私事であるにもかかわらず「らしい」という表現しかできないのは、薫子さんがその辺りの話をちゃんと話してくれないからに他《ほか》ならず、もう少しちゃんと説明をしてくれてもいいとは思う。子どもじゃないんだから。

まあ、とにかくわたしはわたしの目標を達成するためにＡＥＧｉＳへとやってきたわけだが……。

「おい！　お前たちは何のためにＡＥＧｉＳ《ここ》にきた！　鳳！　言ってみろ！」

「ヴァイス根絶をしに」

「はぁ？　お前、ＡＥＧｉＳをバカにしているのかっ！」

やれやれ……わたしがバカにするわけないじゃない。

自分で決めたことよ。

「自分が何を言っているのかわかってるのかっ？」

この人、ちょっと何を言ってるのかしら。

そんなの当たり前じゃない。

「なんだその態度はっ！　きさま本気で言ってるんだろうなっ？」

本気に決まっているじゃない。

——だって、薫子さんがＡＥＧｉＳ《ここ》ならできるって言うから——

《and her story begins here!》

蒼穹の太陽

岩片　烈：著
飯沼俊規：画

あれは小学校4年生のころ。5月の半ばだったと思う。

爽やかな風が吹き抜けていて、空が限りなく青かったのを覚えている。

その一点の曇りもない青さがやけに眩しくて、わたしは独り俯いて歩いていた。

今度の通学路は最近、舗装し直されたばかりなのか、アスファルトの黒も、白い線も、緑色の歩行者ゾーンも、すべてが真新しく整然としていた。

気づかず蹴飛ばしていたのだろう。

コツンと小さな音がして、足元から小石が転がっていった。

路傍の石は跳ねるように転がり、道の真ん中で止まった。

ちっぽけな灰色の小石は、青と黒と白と緑に塗り分けられた世界の中で、いびつに浮いていた。

「わたしみたいだね……」

呟いて、少し哀しくなった。

転入したばかりのクラスは地元の子供が多くを占め、残りの子たちも1年生からずっと同じ学校で、友達関係はきれいに色分けされていた。

もしも明るく話しかけられれば、ちがったのかな?

そんなことはないって、わたしにはわかっている。

きっと、うまくいかない。

今度はわざと小石を蹴った。

わたしの苛立ちが伝わって、小石は弾けるように飛んで、あちこちにぶつかりながら転がっていった。


もう少し歩けば、おばあちゃんの住むアパートがある。

わたしのお父さんも子供のころはそこに住んでいたらしい。

この辺りにはお父さんの友達や知り合い、同級生もたくさん住んでいるはずだ。

たぶん、子供といっしょに。

あの陰口はそういう意味だと思う。

——お金を借りて返さなかったらしいよ。

たぶん……いっぱい迷惑を、かけたんだろうね。

「わたしのせいじゃないのに」

まるで邪魔者のようにわたしを待っていた小石を、思い切り蹴飛ばした。

勢いよく飛んだ小石は側溝の格子状の蓋に当たり金属音を響かせ落ちていった。

誰からも見向きもされない無駄な小石は、こうやって苛立ちをぶつけられて捨てられるんだ。


「帰りたくないな」

まだ日も高いこんな時間に帰っても、おばあちゃんはいない。

レジ打ちのあとに洗い場のパートを増やしたから。

――ぜんぶ、わたしのせいだ。

洗濯物を取り込んで、夕食の準備をするのは、わたしの仕事。

でも、まだ早い。

誰もいない部屋で誰かを待ち続けるのは――

もういい……したくない……絶対に嫌……。

川沿いの通学路を脇道に逸れると、土手に登る階段が見えてくる。

古いコンクリートの階段には真新しいピカピカの手すりが後から付けられていた。

――優しい世界だね。

でも、その優しさが届く人は限られていて……わたしに伸ばされたのはおばあちゃんのか弱い手だけ。

だから、わたしは自分の足で勢いよく階段を駆け上がった。


土手の上は遊歩道とサイクリングロードになっていた。

ゆるやかに流れる川面は太陽の光できらきら輝き、その向こうには対岸の街並みが見える。

この川を渡れば向こう岸は別のシャード――ではないことを、わたしは知っている。

去年の社会科の時間に習っていた。

対岸に見えるのは見せかけの街並み。
隣のシャードではなく、あれも東京シャードの一部。
トラベルオーダーが管理するメンテナンスエリア。
指定の公共交通機関で決められたルートを通らなければ、別のシャードへはいけない。
まえの学校でそう教わった。

——お父さんとお母さんはどこかへ行けたけど……わたしはどこへも行けない。

ダダンダダンとリズミカルな音を響かせて、近くの陸橋を電車が通り過ぎていく。
あれに乗れば別のシャードへ行ける。
でも、わたしはただ見送るしかない。
当てもなく土手を降りて、河川敷に広がる芝生の広場に足を踏み入れてみた。
少し離れた公園からは遊具で遊ぶ子供の声がする。
家族連れの子供たちがブランコや半円形のうんていで遊んでいた。
わたしにもあんな時期があったはずだ。
小さなころに遊びに来ていたはず……。
でも、もう、ぼんやりとしか思い出せない。

お父さんの顔もお母さんの温もりも、確かにあったはずなのに、すごく遠くて。

はるか昔の出来事のようで忘れてしまいそうになる。


目を移すと、川の中州で水鳥が群れていた。

鳥になれたら……翼があれば——

——それでも、きっとなにも変わりはしない。

東京シャードの空は、どこにも繋がっていない。

この青い空は——どこまでも広がっている、ってわけじゃない。


そのとき空を見上げたわたしの視界を黒い影がよぎった。

影はバンっと大きな音を立てて、地面で弾む。

使い込まれたサッカーボールだった。

「ねーねー、ボールー、取ってー」

わたしと同じぐらいの年ごろの女の子が元気に走ってくる。

追いかけてボールを拾うと、見るからに活発そうな彼女に投げ返した。

「ナイスボール！」

正確に胸でボールを受け止めると、そのままずっと地面に落とさず蹴り続けたまま、わたしに話しかけてきた。

「転校生だよね！　1コ下の！」

「……えっ？」

小学校の先輩なのかな。

「日向《ひむかい》リンだよ！　あたしの名前！」

なんで名乗ってるんだろう？

「ねーねー、名前は？」

「……小鳥遊《たかなし》……怜《れい》」

「いいね、いいねーっ」

……なにがいいんだろう？

「似てるね、あたしたち！」

「…………えっ？」

いかにも活発そうで、初対面の知らない子にも話しかけてしまうような、あなたと——わたしが似てる？

わたしにはリンの言うことが、さっぱりわからなかった。

「わたしたちって……似てる？」

「れい！」

そういってリンはわたしを指さし、次いで「リン！」と胸を張る。

「えっ、それで……？」

「レとリって近いし、2文字だし！」

「似てるって……名前のこと？」

「そう！」

「似てるかな。ラ行で2文字ってだけだよね」

「そう！　ラ行で2文字！」

それだけでリンは嬉しそうに笑っていた。

なぜか、わたしもつられて笑みを浮かべていたことに気づいた。


「リンねえーっ、ボール、ボールーッ」

「はやくー」

遠くから小さな男の子たちの声がする。

「あっ、そっか」

リンは蹴り続けていたボールにたったいま気づいたような顔をした。

「いっくよーっ」

リンが叫んで蹴ったボールは美しい弧を描いて、男の子たちの頭上を越えて飛んでいった。

「ばっかリーン！」

「ばかリーン！」

子供とは思えない距離で飛んで行ったボールを男の子たちが追いかけていく。

「えっへへー、ちょっとやりすぎた」

リンは悪びれもせず笑っていた。

「いいの？　小さい子、放っておいて」

「へーきへーき、リクもリオもあたしの弟だから」

なにが平気なんだろう？

わたしにはよくわからなかったけど、リンは大らかに笑っている。

わたしが心配しすぎなのかな……放置されることに。

「そーいえば、れいって家族いるのー？」

「……いるよ。おばあちゃんが」

「おとーさんとおかーさんは？」

答えるのに、少し時間がかかった。

「……いないよ」

リンは驚きもせず、ごく自然にわたしの次の言葉を待っている。

ただ、純粋にわたしのことを知りたいという瞳で、わたしを見ている。

「お父さんは……わたしが小学校に行く前にいなくなっちゃって……どこかで死んじゃったんだって」

こんなこと話すのは初めてだ。

「お母さんもいなくなって……いまはおばあちゃんと暮らしてる」

「ふーん……」

それ以上は話せなかった。

口にしたら、悲しくなって泣いてしまいそうだったから。

「あたしんちはね！　6人家族だよ」

「大家族だね」

「おとーさんとおかーさん、リキ兄《にぃ》とリュウ兄《にぃ》、それからさっきのリクとリオ！」

そういってリンは6本の指を立てた。

「……リンは？」

「あっ！　あたしを忘れてた！　7人！　7人家族！」

「ふふっ」

思わず声を出して笑ってしまった。

リンといると、わたしは素直な自分になれるのかも知れない。

「じゃーねー！　また学校でーっ！」

「うん……またね」

弟たちに呼ばれたリンと別れ、わたしは天を仰ぐ。

見上げた空は、眩しい太陽に照らされて、透き通るように青く、どこまでもどこまでも広がっていた。


翌日から、わたしの世界は一変した。

リンは学校でわたしのクラスまで会いに来た。

知らなかったけど、リンは小学校で一番の有名人だった。

リキ兄《にぃ》とリュウ兄《にぃ》と言っていたお兄さんたちは、それぞれ甲子園からプロに進んだ野球選手とアンダー16だか17で活躍し、プロに内定しているサッカー選手で、この地域で知らない人はいないぐらい。

お父さんやお母さんもオリンピック候補だか、国体だかで優勝したとかいうスポーツ一家。

まあ、要するにこの地域では誰もが注目しているファミリーだった。

その注目の一人娘がどういうわけか、ことあるごとに「れーいーっ」と、わたしに声をかけてくるものだから、クラスメイトどころから担任にまで関係を尋ねられた。

そんなこと、わたしが訊きたいよ。

だから尋ねてみたんだ、わりと本気で、本人に。

「うーん……そーだなー……」

大げさなポーズで長々と考えたあと、リンはこう言った。

「気が合いそうだったから！　なんとなく！」

わたしは呆気に取られて、しばらく返事できなかった。

リンはこういう子だ。わたしとは、まるで違っている。

家族に恵まれ、スポーツの才能に恵まれて……。

でも、だからこそ――

わたしと似ているのかも知れない。

普通ではない者同士、どこか似ていて気が合うのかもね。

「ふふっ……そっか。まあ、いいんじゃない」

それからずっと――小学校から中学校、アクトレスになってからも、わたしの行く手はいつも
リンが照らしてくれている。
あの日、見上げた太陽のように。

《終》

アリス・ギア・アイギス
alice gear aegis
Actress Ep.
アクトレス エピソード

ギラギラと照らす常夏の太陽。

どこまでも続く蒼い空。

純白のプライベートビーチには、お気に入りのパラソルとトロピカルなドリンク。

しっかりとサンオイルを塗ったら、寄せては返す波へ向かうわ。

「ヘイ！　トウカ！　ルック！　どうかしら？」

「も～、シャーリーったらー、だ・い・た・ん・だ・ゾ☆」

ちょっぴり大胆でセクシーな水着は、この日のため。

サングラスをはずして、もう駆けださずにはいられない。

だって、

――今、夏が――

「桃歌ちゃんを呼んでるの――――！！！」

中野の夏、エンパイアの夏 ～ETERNAL SUMMER VACATION～

朝日文左：著
飯沼俊規：画

ビーチでいっぱい遊んだ夜は、ちょっぴり艶やかにおめかしを。

この日のためにママと一緒に選んだ浴衣。

去年は出番がなくって、ごめんね。

帯は、敢えてシンプルな文庫結びにして、簪で髪をシックにまとめたら、いつもとは違う、少し大人っぽい私の完成。

「ほらぁ、シャーリー、もっとおしとやかにしないとー。襟がはだけちゃってるぅ」

「サンクス！　ジャパンの浴衣、ベリベリビューティフォーね！」

どこまでも波の音しか聞こえない夜。

潮風が頬を撫で、満天の星空を見上げると――


ドーーンッ！　パラパラパラ……

「たまや～～！」

「かぎや～～～！」

大輪の花を咲かせるいくつもの花火を前に、わたしたちは息をのみ、お祭りのあとの静けさが、少し背伸びをしたわたしたちをその分だけ大人にしていくの。

どうか、

――この夏が、いつまでも終わりませんように――

「ＨＥＹ！　おばちゃん、レバー２人前追加だＹＯ」

「はいはい、みんないっぱい食べてねぇ」


チッ……また、こいつは。

「ちょっとやよい！　いま、すっごーーくいいところだったんですけどー」

「ザッツライ！　トウカの言うとおりよ。ホワイ？　どうして邪魔するの？」

「せーっかくシャーリーと楽しい夏休みの計画を考えてたのにー！」

「ＨＥＹ　ＷａｃＫ。現実では喧噪で胡乱《うろん》な仕事ばっかり！　なのに、先日から妄想で不労な夏休み？　どうかしてるＹＯ……」

「妄想じゃありませんー。これは、想像の翼を広げてたんですー」

「ビコーズ、そうでもしないとワタシたちやってられないのよ」

「現実みろＹＯ　ハラミ焦げてるＹＯ」

「だってー……」

わたしたちには、素敵な夏休みなんてやって来そうにないんだもの。

ちょっと焦げたハラミをおばちゃんご自慢のタレにたぷんと浸して、ご飯にのせて勢いよく頬張る。

「なによ、なんか文句あんの?」

「桃歌のせいだYO」

「なによそれ? わたしが悪いっていいたいの? あんただって喜んで賛成してたでしょ!」

「心外、論外、想定がーい!」

「ウェイト、ウェイト、落ち着いてトウカ。ヤヨイもトウカをファイアさせないで」

そう言ったシャーリーは、さすがご両親が営むステーキ屋さんをお手伝いしてるだけあって、慣れた手つきで空いたお皿をテーブルの端へと綺麗に片づけている。

一方、目の前に座り、先ほどからこのわたしに悪たればっかりついている迷惑ラッパーといえば……

「なに? どうしたの? まだ文句……」

わたしの顔を見ながら、左頬をちょんちょんっと指さして——

あっ……

「ありがとう」

紙エプロンでほっぺを拭きながら、

「はいはい、そこはー桃歌ちゃんがいいましたよー、夏なんだからプールくらい行きたいって」

そんなこと誰だって思うでしょ。夏真っ盛りなんだから。

それなのに、

「あの社長はっ！　あー！　イライラするーっ」

どうしてイライラするとお腹が減るんだろう。

「はい、お待ちどう様。追加のレバー2人前と白コロはおじさんからのサービス。孫娘が楽しかったって喜んでたわ。明日も頑張ってね」

一斉に厨房の奥へ顔を向けると、職人気質なおじさんが小さく頷いてくれた。

——せーのっ——

「ありがとうございます！」

そこは、わたしたちもプロですから、受けたお仕事はきっちりとやらせていただきます。

って、ちょっとちょっと、

「ノー、ヤヨイ。白コロは、いっぺんに網にのせないで」

モウモウと白コロを焦がす煙の先で、やよいは二杯目のご飯をおかわりしていた。

「そういえば、やよいちゃん。この前、先代とお父さんが来てくれたわよ」

おっとー、突然のおばさんの禁じ手ワードに、やよいがむせた。

「ちょっと落ち着きなさいよ」

やよいのコップにお水を注ぎながら
「あんた、最近、実家に帰ったの？」

「…………」

「わっかりやすい反応しないでよね」

やよいの実家は、お爺さんの代から続く中野商店街の家具屋さん。

なんでも腕の良い家具職人だったやよいのお父さんを気に入って娘のお婿さんに迎えたらしい。だから小売りの他に家具の修理なんかもしている。

たまにやよいは、お爺さんからお小遣いをもらっていたりして。

「大事な初孫だもんね。大切に育てられてー、箱入り娘で有名だったって話なのにー。今じゃすっかり別のことで有名だもんね～」

「Ｂｏｏｏ……」

ついでに跡継ぎに関しては、やよいとは正反対のできた弟がいるので心配することはないみたい。

「ヘイ、ヤヨイ。サムタイムときどきは実家に帰りなさない。ドゥーユー、アンダースタンッ？」

心配そうにそう言ったシャーリーの視線の先には、ホルモンを焼いた煙に燻されてちょっと時代を感じさせるサイン色紙と、若かりし頃、日本で一時代を築いたプロレスラーがおじさんとおばさんと一緒に映っていた。

「有名人よね、シャーリーのお父さんって」

「イエス！　ダッドはワタシの自慢よ。小さい頃からいつも一緒にレスリングしてくれたの！」

箱入りならぬロープで囲まれたリング。

本当にシャーリーらしい。

突然、黙ってレバーを焼いていたやよいが口をひらいた。

「ＨＥＹ　シスター桃歌のパパも有名人だＹＯ」

「イエス！　中野の信用金庫《バンク》にお勤めよね！」

ぐほっ！

「そうだ。確か……あんたっ、ほら、桃歌ちゃんのお父さん、いついらしたっけ？」

厨房の奥からぶっきらぼうに「支店長は一昨日」とだけ返ってきた。

ぐほっ！×２
「えっと～……いつも父がおっせわになってまーす☆」

レバーを特製のごま油につけて美味しそうに食べるやよいが、小声で「金庫入り娘」と言ったのをわたしは聞き逃さなかった。

「なによ？」

やよいがレジの横を指さしている。

「ルック！　トウカ！　ユーのＣＤがあるわよ！」

パパ～……。

「リッスン、トウカ。ユーにゴルフを教えたのって」

「うん。最初はパパ。ゴルフ趣味だったのよー」

――桃歌ちゃん、アイドルならゴルフもできないとダメだよ――

そのひとことで幼かったわたしは、意気揚々とゴルフをはじめたんだけど。

「そういえばー、中野でアクトレスはじめてからパパと周ってないかも？」

今度、久しぶりに一緒に……と思っていると、やよいとシャーリーがわたしの顔を覗き込んで
ニヤニヤしている。

「……やよいこそ、せめてお父さん孝行くらいしなさいよ」

「イエス！　トウカの言う通りよ」

やよいが素直に頷いたのが意外だったからだろうか。

ふと蜩《ひぐらし》の声が聞こえ。


幼い頃、パパたちが願ったわたしたちの未来。

わたしたちが、それぞれ自分で選んだ今。

わたしたちは頑張れてるだろうか……。


「いやー、いつもうちの子たちがお世話になってまーす。もー、本当に、今日は暑くて、暑くてー」

って……。

「あれあれー？　室江、気づいちゃったなー。お姉さん、ちょっと痩せられましたよね？　いやいやー、ご謙遜なんて無用ですぞ。この室江の目は欺けません。よっ！　ミス中野」

この空気……どうしてくれるんでしょうか。

「こらこらー、君たち。あれだけ待ってって言ったのにー。どーして社長の僕を待てない？」

そう言うと「とりあえず生」を注文して、おしぼりを手にとり、耳の後ろから首、そして顔を……。

「気持ちよさそうなところ悪いんですけどー。社長も一応はお父さんなのよね？」

そう尋ねると、返ってきたのは、

「うん！　昨日会ったんだよ」

と満面の笑み……。

シャーリーが社長の顔を覗き込み、やよいが眉根をトントンと指さす。

「あらやだ、おしぼりの糸くずが――。わかった！　これ、君たちと僕の運命の糸。くっずくずだけどねー。くっずくず」

「………」

「もー、なになにさ。そーやって人のことをいっつもいっつも邪険にしてさー。君たちのお父さんの気持ちがわかるよ、ホント」

社長の言葉にわたしたちは顔を寄せ合い、

――せーのっ！――

「極上カルビ3人前追加でっ！」

わたしたちの夏は、こうして過ぎていったの。

《お・し・ま・い》

リンちゃん探検隊・はじまりの冒険
巨大怪鳥ギャースを追え！

岩片　烈：著
飯沼俊規：画

「れーいーっ、探検するよぉーっ！」

日向リンは小鳥遊 怜に向かって高らかに宣言した。

「えっと……つまり……どういうこと？」

「だからね……探検隊を結成したっ！」

「……探検隊？」

「その名も日向探検隊っ」

「なに、それ」

なにひとつ説明になってない——と、怜は額に指を当てた。

わざわざ休みの日に近くの河川敷公園ではなく、歩いて15分ほどの自然公園まで呼び出しておいて探検？　たしかに原っぱや森の小径、小高い丘なんかがあって、小学生には人気の遊び場だけど……知り合ってから1年近く経つというのに、怜にはリンの考えがさっぱりわからなかった。

「ギャース、見つけるんだ！」

得意げに仁王立ちしているリンの後ろから、ふたつの小さな影が躍り出てきた。

「ギャー……ス？」

「かいじゅうなんだぞ、れいー」

「怪獣じゃなくて、謎の怪鳥だって！」

リンの弟たち、リクとリオは口々に言った。

「その……怪鳥を探すのが探検？」

「そう！　それが日向探検隊の使命だーっ」

「使命ーっ！」

「おーっ！」

リンの掛け声に合わせて、弟たちも拳を振り上げた。

「けどさ……ここ、公園だよ？」

「うん、そーだよ！」

「怪鳥なんていないよ？」

「え～!?　そんなことない！　いるよ、ギャースはいる」

リンは目を輝かせて怜を見つめている。

「うーん……」

「いるったら、いるのー！」

「そう言われてもね……」

乗り気じゃない怜を見て、リクが前に出た。

「見た人がいるんだ」

「目撃者？」

「うん、同じクラスのたっくん！　あと2組のれいなちゃんも見たって」

「ぼくも！　ぼくもみたよ。ほいくえんのさんぽのじかん！」

「その怪鳥……なんだっけ？　それを見たの？」

「ギャース！」

「ギャースって鳴くからギャースなんだ！」

「めがよっつで、はねもよっつなんだよー」

「ちがうよ、リオ。大きな目が6つで、つばさが4枚」

「その、おばけみたいなのが……」

「ギャース！」

リクとリオは声を揃えて言った。

「ほらね。ギャースはいる。まちがいない！」

リンは胸を張った。

「………」

怜は頭を抱えた。

「それをこれから探しに行くわけ？」

「もちろん！　それが日向探検隊の使命！」

「そう、がんばって」

「怜も行くんだって」

「れいもいっしょに行こーよー」

「いこうよ、れーいー」

「え？　いいよ、わたし……日向じゃないから」

「ぶーぶー、怜は副隊長なのにー」

「わたしが？　いつ、そうなったの？」

「あたしが隊長なんだから、怜が副隊長に決まってる」

「れい副隊長！」

「ふくたいちょー」

「そんなこと、急に言われても……」

「わかった！」

「わかってくれた？」

「日向探検隊はやめにする」

「えー、リン姉、約束したじゃん！」

「リンねえのばかー」

「リン探検隊にする。これなら怜も入れるでしょ」

「え……なんで？」

「怜はあたしの仲間だから」

わけがわからない、と呆然としている怜をよそにリクとリオは盛り上がった。

「リン探検隊！」

「りんたんっけんたんっ」

「ちがうよ、リン探検隊！」

「りんたん、けんたん？」

「まちがってるー」

「いえてるよー」

「ふたりともケンカはダメ！　リンちゃん探検隊にしよー」

「リンちゃんたんけんたい……あってる？」

「合ってる！　よーし、リンちゃん探検隊、出発だーっ！」

「おーっ！」「おーっ！」

「……え？　やっぱり、わたしも行くの？」


かくして、日向探検隊改め、リンちゃん探検隊の冒険は始まったのである！

謎の怪鳥ギャースとはなにか？

そのすべてが明らかにされるときが来た！

東京シャード最後の秘境、暗黒のせせらぎ自然大公園の巨大な森に！

奇怪な叫び声で天空を飛ぶ謎の怪鳥ギャースは実在した！

想像を絶する苦難の果てに明かされる新事実とはなにか？

リンちゃん探検隊の行方に待ち受けている試練はいかなるものであろうか⁉


「れーいー、おなかすいたー」

「まだ出発したばかりだよ？」

「探検の準備で忙しくて、お昼食べてない」

「そうなの？」

「ちょっとしか食べてない。ごはん、たったの３杯」

「充分でしょ」

「えー、足りないよー」

「えっ……？」

「リン姉、いつも３合は食べるから」

「リュウにぃは４ごー、リキにぃは５ごー」

「うちだったら、３日はもつかな」

「あたしは３時間もたない……」

出発早々のピンチが探検隊を襲う‼

危うし、リンちゃん隊長！　猛烈な飢餓状態を抜け出す方法はあるのか？

なんと、その危機を救ったのはリク隊員だった！


「リン姉……じゃなかった隊長！　こーゆーときは探検セットだ！」

「そっか、探検セットがあった！　ナイス、リク！」

「探検セットってなに？」

「これー」

日向家の3人が背中のリュックを怜に見せた。

「そういや、みんなお揃いのリュックにヘルメットだね。どうしたの、それ」

「我が家の探検セット！」

リンはがさごそとリュックの中を探っている。

「このなかに非常用の食料も入ってる！」

「ああ……子供用の防災セット？」

「えっへへ、冒険セットだから探検にも使える！」

「防災セットだよね……どうでもいいけど」

「おれは懐中電灯も持ってきた！　ラジオもついてるんだぜー」

「れい、れいー、ぼくは剣、持ってきた！　ヴェイパーソード！」

リキとリクが怜に自慢の品を見せている間に、リンはリュックから非常食を取り出していた。

「スーパーようかんだーっ」

「リン姉だけずるーい。おれも食べるーっ」

「ぼくもー」

「いただきまーす！」

リンがかぶりつくと、リクとリオも羊羹《ようかん》をほおばった。

「おおっ、おいしーい」

「あまーい」

満面の笑顔が並ぶ。

「怜も食べるー？」

「おれの半分あげるよー」

「ぼくのもー」

「え……いいよ。お昼、食べてきたから」

怜が辞退すると、リンたちは瞬く間に片手サイズの非常食を5本ずつ食べ終えた。

「よーし、これで5年はだいじょーぶっ！」

「5年も？」

「これは5年もつって、おとーさんが言ってた」

「……それって賞味期限のことじゃない？」

「おいしいから、なんとかなる！　なった！」


リン隊長の目に再び太陽より熱い炎が燃えた！

決意を新たにリンちゃん探検隊は進む！

だが、文明の及ばぬ人跡未踏の東京シャードの秘境、せせらぎ自然大公園は予測もしなかった毒牙ををむいて襲いかかる‼


「隊長、毒グモだっ！」

「うわ―――っ！　クモの巣―――っ！」

「でいっ‼　やったーっ！　毒グモ捕まえたーっ」

リンちゃん隊長のすばやい行動が功を奏した。

「……ジョロウグモ？　じゃないかな、それ」

「そーなの？　毒グモじゃないの？　黄色と黒ですっごいハデなのに」

「危険じゃないと思うけど？」

「食べられる？」

「……そこまでは知らない。かわいそうだから逃がしてあげなよ」

「そーだね。ばいばい、ジョロちゃん」

リンちゃん隊長は大自然への敬意を決して忘れない。

探検隊の目的は謎の怪鳥ギャースである！

そしていよいよ、探検隊は磁石の助けも借りず、昼なお暗い鬱蒼と茂る森林の奥地へ進入したのである‼

「みんな止まってー」

危険を察知したリンちゃん隊長は血気盛んな隊員たちを制して、装備の準備を始めた。

秘境の冒険では大胆な勇気と同じぐらい、冷静沈着な判断力も必要とされるのである！

「よーし、準備おっけー！　スイッチオン！」

リンちゃん隊長のヘルメットに文明の光が灯った！

「うわっ、まぶしっ」

「あー、それ、おとーさんのヘッデン！」

「べんりそーだから、借りてきた」

「リンねぇ、ずるいー」

「勝手に持ち出したら、怒られるよ」

「戻しておくから、へーき」

「って、こっち見るな。まぶしいって」


ヘッドライトの１６００ルーメンの光が探検隊を襲う！

若く勇敢な探検隊員たちも、冷静沈着な怜副隊長もこれには目を背けた。


「ごめーん、いまちょーせーした」

「そーだ、おれも懐中電灯、使おっと」

「リンねえとリクにいだけ、ずるいー」

「いや、必要ないでしょ、薄暗いだけだし」


その時である！

天をつんざく奇怪な鳴き声が聞こえた。


「で、でたーっ」

「シッ、静かに」

動揺する隊員たちを制して、リンは周囲を見回した。

しかし、謎の怪鳥の姿は見えない。

リンちゃん探検隊は静かにギャースの動きを待ち続けた。


そして、ついにそのときが来た！

ギャ――――ッ！　という鳴き声とともに木々の梢を揺らし、上空から滑るように巨大な怪鳥が飛来した！

猛禽類のような大きさの翼は不気味に湾曲し、その形状は蝙蝠に酷似していた。

そして巨大な白い眼が2対！　さらに2つの真っ赤な目が光っている！


「ひゃ――――っ！」

この世のものとも思えぬギャースの姿にリク隊員とリオ隊員は逃げ出した。

「――なっ⁉」

怜副隊長も息をのんだまま、立ちすくんでいた。

しかし、次の瞬間、我らがリンちゃん隊長が動いた‼

「どりゃぁーっ！　どっかーんっ！」

リンちゃん隊長は自ら背負っていた防災リュックをハンマー投げの要領で怪鳥ギャースに投げつけた！

リュックは見事に命中し、怪鳥ギャースは地面へと落下した！

「やったぁー！　あたしの勝ちー！」

リンちゃん隊長がガッツポーズを取ると、墜落したギャースがバタバタともがきだした。

「リン……まだ……生きてる……」

ギャッ、ギャーッと威嚇の声を上げながら暴れている。

その体はビニールの羽とプラスチックの骨でできていた。

「なんで……動いてるの？」

「生き物が中にいる！」

リンの指す先に一羽の黒い鳥が糸に絡まっていた。

「……カラス？」

謎の怪鳥ギャースとは、壊れて絡まった三角西洋凧《カイト》の糸にカラスが捕らわれ、暴れていた姿を誤認した人間が生み出した幻の鳥だったのだ！

「巣作りの材料にしようとしたのかな？　それで巻き込まれた？」

「逃がしてあげよう」

リンはカラスに巻き付いていた凧糸をあっさりと引きちぎった。

カラスはガーッと一声なくと、空の彼方へ飛び去って行った。

「ばいばーい」

「やれやれ……幽霊の正体見たり枯れ尾花……って、やつかな」

怜がつぶやくと、リンは突然大声を出した。

「あーっ！　これ、お正月になくした凧だーっ！」

「えっ……？」

「リク！　リオ！　凧、見つかったよーっ」

リンの呼びかけで戻ってきたリンの弟たちが凧を検《あらた》める。

「わっ、ぼくのだ！　おとーさんに買ってもらったやつ」

「リンねえがケンカダコだって、ぶつけるから無くなったんだぞー」

「えっへへ、見つかってよかったね！」

リンちゃん隊長は過去を振り返らない！

常に前へ前へと進んでいくのだ！


「あー、もー、ボロボロでタコ糸がグチャグチャになってるー」

「リクにい、なおして飛ばそうよ」

「だったら河原いこうぜー」

「じゃあ探検隊は解散だねっ！」

リンがそう宣言すると、リクとリオは凧揚げ隊に鞍替えして駆け出して行った。


「あ～あ……本物の怪鳥を見つけたかったな」

「残念だったね」

「そーだ！　いつか本物を見つけたら、怜に見せてあげるね」

「え……？　無理しなくていいよ」

「あたし決めたから。いつかきっと本物の不思議な生き物を捕まえる！」

「そう……うん、がんばってね」

「怜も応援してくれる？」

「……まあね」

「へへっ、将来の夢が増えちゃった」

「夢……？」

「プロスポーツ探検家！」

「なに、それ」

「大好きなスポーツをぜんぶしてー」

「うん」

「もっと好きな探検もしてー」

「……うん」

「それでプロになる！」

「……そうだね、なれたらいいね」

「いつかなるよ！　ぜったいなる！」

リンはにっこり笑って、怜に高らかに宣言するのだった。

よくわからないけれど、リンならなれそうな気がする——そう、怜は思った。

世界の謎、神秘の生物なら、探すまでもなくここにいる。

「ふふっ」

「あー、怜、笑ったー。ぶーぶー！　ひとの夢を笑うのはよくないっ」

「ちがうよ、そういう意味じゃない……はず」

「そっか。じゃあ、あたしたちも凧揚げする？」

「……しないよ。もう帰らなきゃ」

「えー、怜がいないと退屈ぅ」

「わたし、いつも見てるだけだし」

「じゃあ、いっしょにやる？　凧揚げちゃう？」

「やらない」

「だったら、あたしも見てる。リクとリオが揚げてるの見に行こう」

「はぁ……まあ少しだけならいいよ」

「やったー、じゃあ、土手の公園へ出発！」

ひとつの探検が終わり、次の冒険が始まる。

そして、それは未来へと繋がっていくのだ。

《終》

成子坂の管理栄養士
―人は白米のみにて生きるにあらず―

朝日 文左：著
飯沼俊規：画

『パンさえあれば、たいていの悲しみは堪えられる』

そう語ったのは、彼《か》の有名なミゲル・デ・セルバンテス。

世界的名作を生みだした彼の人生は数奇な運命に翻弄された波乱に満ちた生涯であったという。

私の場合はきっと――


「ふふ、そうなんだね～」

「そうなのよ、農協の組合長だった小林さんのお孫さん。憶えてるでしょ?」

「うん、幸子ちゃん。中学校の同級生の～」

「そうそう、それでね。近く新潟《こっち》シャードに戻って、跡を継ぎたいって言ってるそうなんだけど」

「たしか～、東京《こっち》シャードの農業大学に進学して～、大学院まで進んだとお聞きしてたけど」

「そうそう、でもね～。お爺さんが反対してるそうなの。女性ひとりで農業はムリだ。婿をつれてこいって。あそこも古いお宅だから」

たわいのない郷里の噂話。

それを肴に耳に届く、久方ぶりの母の声。

ふと、私の脳裏に浮かんだのは、金色の稲穂の中で身を粉にして娘を育てあげた、逞しくも慈愛に満ちた父母の姿だった。

「お父さんは元気にしてますか～？」

「もちろんよ、今日も田んぼと畑に大張り切り。今年の収穫が楽しみだって」

「そう、それはよかった」

父と母が愛情を注いで育てたお米とお野菜によって、今、ここにいる私の身体は形作られた。

そっと己の胸に手を当ててみる。

拍動が、トクントクンと私の存在を示す。

シャードで隔てられた距離が、なぜか近くに感じられたのは、きっと母の声のせいなのだろう。


――それでは本日の『ＴＯＤＡＹ　フラッシュ』は、ここまでです。

　みなさまに素敵な明日が訪れますように。

　司会の宇佐元 杏奈でした――


テレビからいつもの凛とした宇佐元さんの声が時刻を知らせてくれた。

「まぁ、お母さん、もうこんなお時間。明日も早いから～」

「あら、いやだわ。小結ちゃんとお話していているとついつい、うふふ」

ふふ、お母さん、私も同じですよ。

それでもいつか楽しい時間には終わりがくる。

おやすみなさい。

そう別れを告げようとした、そのとき、

「小結ちゃん、今度お父さんと一緒に日帰りで東京シャード《そっち》へ遊びに行こうかと思っているんだけど、どうかしら？」

「ふぇっ!?」

唐突な母の言葉に、おかしな声を上げてしまった。

「どうかしたの？」

「ど、どうもしてない……」

「新しい職場、やっぱり忙しいの？」

「う、う～んと、忙しいことは忙しいですが～。それよりも成子坂製作所《新しい職場》は、食欲旺盛な若い子たちがたくさんいて。ふふ、と～っても働き甲斐のあるところなの～」

「それならよかったわ。叢雲工業《前の職場》は……ほら、あんなことがあったでしょう。あの時は、お母さんもお父さんもすごく心配したんだから」

「お母さん……」

我が身を心配をしてくれる両親が健在であるという事実。

ありがとうございます。私は果報者です。

でも……。

「それで、小結ちゃん。来週のお休みにでもどうかしら？」

「ら、来週～っ⁉　ご、ごめんなさ～い」

こうして、残念がる母の声に身を削る想いをした私は、両親の上京を3週間後に延期してもらい電話を切った。

「期限は3週間ですか～……」

物言わぬカレンダーを恨めしそうに見つめながら私は独り言《ご》ちた。

「青天の霹靂《へきれき》とは、まさにこのことですね～」

いや、愚痴を言うなどお門違いだ。

母との電話中に食べかけていた笹にくるまれたお団子の残りを一気にほおばる。

そう、楽しい時間はいつか過ぎ去る。

いつまでも甘美な想いに酔いしれてはいられない。

「時が来てしまった……。ただ、それだけですね～」

意を決して部屋着を脱ぎ捨てた私は、姿鏡の前に立つ。

前から、後ろから、己が姿を凝視する。

これまで私の人生は、決して平たんではなかった。

紆余曲折を経て、僥倖《ぎょうこう》を得る機会に恵まれ、曲がりなりにも成子坂の管理栄養士として食堂を任された今もそれは変わらない。

「先日、綾香ちゃんにも指摘されてしまいましたもんね～」

――こんなに太った管理栄養士のご飯なんて
　怖くて食べられないいんだから！――

「ふふ、アクトレス力士化計画なんて～、綾香ちゃんも面白いことを考えますね～、えへへ」

しかしながら、アクトレスに栄養を大量に摂取させ、角界デビューを隊長さんと目論んでいるなどという根も葉もない噂が流れたりしたのも、結局は日々これ、自己の精進が足りなかったからに他《ほか》ならない。

「私は、ただ皆さんに健康的にご飯を食べて欲しいだけですよ～」

そんな言葉も虚しく響く。

だめよ。一切の妥協をすてなさい。

なぜなら全ての原因は私自身にあるのだから。

そう考えれば、両親の突然の上京は良い機会であったのだ。

意を決し、

パンッ！

パンッ！

両の手で、己が頬に気合を注入する。

「はい、今日からダイエット大盛でいきますよ～」

不本意ながらパンプアップしてしまった鏡に映る私に向き合い、私は固く誓ったのであった。

＊　＊　＊

「小結さん、今日もご馳走様でした」

「はい、楓ちゃん、お粗末様でした～」

「あの、食堂の張り紙ですが――」

今日もしっかりとご飯を完食した楓ちゃんが、そう言って食堂の掲示板を指さした。

そこには、

〈成子坂製作所食堂心得〉

一つ、温かい食事を中心とした暖食《だんしょく》を心掛ける。

一つ、塩分、濃い味を控えた淡食《たんしょく》を心掛ける。

一つ、ゆっくりとよく噛んで慢食《まんしょく》を心掛ける。

一つ、食事は笑顔で楽しい暢食《ちょうしょく》を心掛ける。

一つ、過食厳禁。腹七分目の小食《しょうしょく》を心掛ける。

一つ、新鮮な旬の食材を中心とした潔食《けっしょく》を心掛ける。

一つ、食事に集中した専食《せんしょく》を心掛ける。
※食事中のテレビや携帯電話は原則禁止とさせていただきます。
一つ、食物繊維の多い玄米を中心とした玄食《げんしょく》を心掛ける。
※当分の間、食文化やアレルギー等による特別な事情を除き、白米を玄米とさせていただきます。

「あれは、医食同源を旨とする東洋医学の『食養生』という考え方ですよね？」

「はい、よくご存じですね～」

「いえ、母が昔、そのような事を教えてくれていたので」

さすがは剣聖で美食家でもある吾妻先生のご息女様と奥様です。

食事のお作法も堂に入っていて、奥様、ご息女様の食育、ちゃんと行き届いていますよ。

「わたし、暖食から専食までは知っていましたが、最後の玄食は聞いたことがありませんでした」

「あ、あれは、その～……」

「でも、玄米のご飯に代わっても変わらず美味しいですね」

「楓ちゃん……」

その眼差し、楓ちゃん、もしや貴方は……。

「おう、ごっそうさん」

「あぁ、磐田《いわた》さん、お粗末様です～」

「あのよぉ、この玄米なんだけどよ。やっぱり俺は白米のがいいんだがなぁ。明日からまた白米に戻してくれねぇか？」

「えっ……」

そんな、磐田さん……。

「もー、整備長ったら、なに言ってるのよ、そんなのお断り！」

「あのなぁ、俺は肉体労働してんだ。白米じゃねぇと力がでねぇんだよ」

「その調子じゃ、小結さんがいつも書いてくれてる『食堂通信』、読んでないわね」

そう言うと綾香ちゃんは、磐田さんに小冊子を渡してくれた。

「これがどうしたってんだよ？」

「はい、このページ、読んで」

「なになに？」

ひょいと眼鏡を頭に上げた磐田さんが、しげしげと冊子に目を向けた。

【白米と玄米のカロリーと糖質の比較】※お茶碗一杯を約150gとした場合
白米　カロリー　約252kcal
　糖質　約55g
玄米　カロリー　約248kcal
　糖質　約51g

「はぁー、そんなにカロリー変わらねぇってことか？」

冊子を読み終えた磐田さんが私たちを見渡す。

「そうよ。わかった？　白米で力が出て、玄米だと力が出ないなんてことはないんだから」

「はい、綾香ちゃんの言う通りです。加えて今月の『食堂通信』にもあるように、不溶性、水溶性ともに食物繊維は白米よりも玄米の方が多く含まれています」

「それにね、整備長。玄米は目にも良い栄養価がたくさん含まれてるって書いてるでしょ」

「うーん……なるほどなぁ。これは悪りぃこと言っちまった。すまん。これからも頼むぜ、管理栄養士さん」

眼鏡をかけ直した磐田さんは呵々大笑《かかたいしょう》しながら去っていった。

携帯電話を操作しながら食事をしていた鈴木さんを一喝するおまけ付きで。

「楓ちゃん、綾香ちゃん……」

「小結さん、頑張ってください。わたしも綾香ちゃんも応援しています」

「べ、別にあたしは、ただ、小結さんが頑張ってるみたいだから……」

このふたりは、全てを察してくれていた。

「ありがとうございます〜。私、成子坂の管理栄養士の名に恥じぬよう、日々、努力精進いたします〜」

「ちょ、ちょっとやめなさいよ。あたしはふっくらしてるのだって嫌いじゃないんだからね」

そう言うと綾香ちゃんは私に紙袋を押し付けてきた。

「え〜っと、これはなんでしょうか〜?」

「加圧シャツよ。効果あるってジーヤが言ってたわ。サイズ間違ってたらいつでも言って」

綾香ちゃんのお母様、ご息女様はこんなに優しい子に育っていますよ。

「ふふふっ、それは素敵な贈り物ですね。そうだ、小結さん。明日からわたしと朝稽古しませんか?」

もう、どうして成子坂の子たちは、本当にもう……。

自然、目がしらが熱くなると同時に、今回ばかりはなにがなんでも己の努力で成功させなければという強い想いが沸々とこみあげる。

利那、私はふたりを力いっぱい抱きしめずにはいられなかった。

「ちょ、ちょっと小結さん……か、楓さんもなんとか……言って……」

「は、はい……あの、少し……苦しいです……」

＊　＊　＊

その後、楓ちゃんと綾香ちゃんだけでなく成子坂の皆さんの温かい叱咤激励を受けながら、私は無事に目標を達成することができたのだったが……。


「え？　小結さんのご両親、上京できなくなったんですか？」

「はい、急遽、ご近所の収穫のお手伝いを頼まれたそうです～」

「あんなに頑張ったのに、ぜんぶ水の泡じゃない」

綾香ちゃんの言葉に頷く楓ちゃん、ふたりとも心底、残念がってくれている姿が、嬉しくもあり、微笑ましくもある。

「ありがとう～。楓ちゃん、綾香ちゃん。でも、私は平気ですよ～。東京シャードと新潟シャードは近いんですから～」

そう。両親は健在で、未だ健康そのもの。逢おうと想えば、いつだって逢いにいけるのだから。

「あの、小結さん、玄食はどうされたんですか？」

「えへへ、そろそろ新米の季節ですから～、玄食から米食へ切り替えましたよ～」

ふたりが食堂の掲示板へと目を向ける。

〈成子坂製作所食堂心得〉

一つ、温かい食事を中心とした暖食を心掛ける。

一つ、塩分、濃い味を控えた淡食を心掛ける。

一つ、ゆっくりとよく噛んで慢食を心掛ける。

一つ、食事は笑顔で楽しい暢食を心掛ける。

一つ、過食厳禁。腹八分目の小食を心掛ける。

一つ、新鮮な旬の食材を中心とした潔食を心掛ける。

一つ、食事に集中した専食を心掛ける。

※食事中のテレビや携帯電話は原則禁止とさせていただきます。

一つ、日本のお米文化を守るため新米を中心とした米食《べいしょく》を心掛ける。

※当分の間、食文化やアレルギー等による特別な事情を除き、玄米を新米とさせていただきます。

「楓さん、ダメよ。はっきり言わないと」

楓ちゃんが小さく頷く。

「小結さん、またふっくらされましたか？」

「えっ？」

「どうせ、目標達成して気が抜けたんでしょ」

「え～～っ！」

『生きるために食べるべきで、食べるために生きてはならぬ』

そう語ったのは、彼《か》の有名なソクラテス。

世界的哲学者であった彼の人生もまた波乱万丈な生涯であったという。

《お粗末様でした》

限界双転移射

前編

岩片　烈：著
ピナケス：画

視界のすべてが眩い星空だった。

見上げれば、美しく煌めく球状星団が――

右前方には超新星爆発の電磁ガスが綾なす網状の光が――

左手にはアーク溶接の火花のような輝線星雲が見える。

「ああ、きれいだな……」

宇宙空間を漂いながら、リタ・ヘンシェルは呟いた。

「テストアクトレスとして初めて宇宙に出たとき以来かな」

星の海がこんなに美しいと思ったのは。

サバイバルモードに移行したギアからは戦闘ナビゲーションも通信音も聞こえてこない。

生命維持システムを稼働する、かすかな駆動音だけが静かに響いている。

「あれからどれぐらい経ったんだろう」

リタの声に反応して、防御フィールド空間内にタイムカウンターが投影される。

出撃から8時間12分15秒経過。

帰投予定時刻を大幅に超過している。

「残業申請、してなかったな。帰ったら整備長に怒鳴られちゃうよ」

ため息をつきながら空気循環システムをチェックする。

オールグリーン。

ギアからの遭難信号は発信中だが、応答はなし。

位置情報システムは戦闘宙域からの急速な離脱に警告を出し続けている。

こちらのシグナルは届くだろうし、救援はいつか必ず来る。

あたしのエミッションが続く限り、アリスギアは高次元からエネルギーを抽出し、生命の維持に必要な酸素、水、栄養を供給してくれるだろう。

問題は……あたしをつけ狙う、あの厄介な敵。

エネルギーはあっても推進剤と弾薬用マテリアルの残量はあとわずかしかない。

それが尽きたとき、あいつのチャージ攻撃を躱《かわ》す術はない。

外部からの攻撃を遮断する次元位相のフィールドを削られ、ギアが損壊する。

さらに戦闘スーツのフィールドまで破られてしまえば……。

ゾクリ――と、背筋に冷たい悪寒が走った。フィールド内に発生している疑似重力を無視して、遥か下方へ落下するような感覚さえ覚える。

初めてギアで飛んだときに覚えた恐れよりも、テストアクトレス時代のギアトラブルで感じた戦慄よりも、深く、重い、死の予感。

全身に走る震えを、ライフルグリップを強く握って抑える。

「諦めてたまるか。いざとなったら、あいつと刺し違えて道連れにしてやる……」

リタはいずれ再び現れる敵を思い描き、なにもない宇宙空間を睨みつけた。

まったく、こんなことになるなんてね。出撃前には思ってもみなかったよ。

9時間前、成子坂製作所の整備部メンテナンスエリアでは同僚の鈴木有人《あると》が素っ頓狂な声を上げていた。

「えっ、例のカスタムギア、もう検証試験ッスか!?」

「うん、申請書はできてるし、海良《かいら》の承認も貰ってる」

「いくらなんでも早くないすか?」

「最近、毎日定時で終わるからね。空き時間と終業後に進めてたんだ」

「確かにアキ作戦終わってから、ずいぶん余裕できましたけどねー」

有人はハンガーのギアに目を向けて首を傾げる。

「それにしたってフルチューンの上にカスタマイズでしょ? とんでもない作業量じゃないッスか! リタさん化け物ッスか? 整備長《おやっさん》っスか!」

「どうかな? ウェポンのベースはバンシーにウォーラス、ドレスは七七式だから。扱いは慣れたもんだよ」

「そんなこと言って、パッと見、ほぼ別物ッスよ」

「いろいろ試したくなってさ、せっかくの機会だからね」

「それはわかりますけど過剰スペックのパーツ多過ぎないすか? コアのキャパ超えてるんじゃゃ

……」

リタはそっと目を逸らした。

「そのへんはテストしながら調整するよ」

「あぁ、わかるッス。ロマンッスよね、持てる限りの大火力《だいかりょく》！」

「うん……まあ、そうだね」

「おやっさんに見られたらドヤされますよ、『火力偏重！』『バランスってもんを考えやがれ』ってね」

「だからさ、整備長が忙しい月末にね」

「なるほど！　鬼の居ぬ間にってやつッスね！」

「そういうこと！　じゃ、行ってくる」

「いってらっしゃい！　気をつけて」


テスト戦闘の舞台に選んだのはエルドリッジ宙域だった。

ＡＥＧｉＳ東京本部によると、ヴァイスコロニー撃破後から大型ヴァイスは観測されず、分析班の今後48時間の予想では、小型ヴァイスの群れが20単位程度、回遊するだろうとの報告が出ていた。

漆黒の宇宙を切り裂いてリタは飛ぶ。もちろん単独飛行。

後ろで束ねたリタの金髪はたなびき、さながら武骨な鎧《ギア》を纏った妖精のようだ。

「まだ出力に余裕がある……想像以上だね」

すでに複数の小型ヴァイスの群れとは遭遇戦を行っていた。

リタの手によって特別なチューンを施されたギアは仕様スペックを遥かに超えるエネルギーを高次元から引き出し、大電流で推進剤を電磁加速。重装備のドレスギアに高い運動性能を与えていた。

余剰エネルギーは銃身に仕込んだ伝導体で弾丸を電磁誘導で加速。

高威力と長射程でヴァイスを吹き飛ばしていた。

「すごいね……いいデータが取れそうだよ」


あの日、偶然見つけた成子坂製作所の過去の整備記録。

ＡＥＧｉＳ情報本部に押収され、なにを見たのか詳細に尋問され、機密を厳守すると誓約させられた、いわくつきのギアの記録。

そんなの、忘れられるわけがない。

脳内に焼きつけられ、鮮明に刻まれた記憶。

それを頼りに、推論を重ね、試行錯誤して辿りついた結論。

アクトレスのエミッション能力はコアで増幅され、高次元からエネルギーを得ている。

ならば、外部からエミッションコアに干渉、制御し、より高速、高精度で作動させられれば、より高いエネルギーを引き出せる。


他愛のない思いつきだと以前のあたしなら一蹴するだろう。

あたしたちに許されている以上の境界技術。

そんなものを設計、開発などできるはずがない。

だけど……あたしは知ってしまった。

それが可能だということを。

それが何年も前に実現されていたことを。

あたしは知ってしまった。


旧式のコアフレームの時代、制御系のチューンでエミッションコアの規定値より高出力を引き出す「喝入れ」が流行った時期があった。

整備長の言う上品じゃないチューンナップだ。

出力は確かに上がるが、アクトレスの能力が低いとまともに稼働しないし、エネルギー出力自体が不安定なためギアパーツの劣化も激しく、最悪の場合、コアもギアも破損する。

もちろん、初期の成子坂製作所のように安全マージンを取った上で、ベストなチューンを施すカスタムショップもあったはずだけど……。


あの整備記録のギアはそんなものじゃなかった。

エミッションコアの性能を限界まで引き出した上で、安定稼働していたはずだ。

コア自体にも手を入れて、境界技術以上の際どい研究を続け、莫大な開発費を投入して実現したに違いない。

再現は不可能だ。


だけど……コアには手を加えず、チューンで原理的に似たようなことはできないかな？

マルチコア化したいまのコアフレームなら各コアの制御系をそれぞれチューンし、連動させることで負荷と熱を軽減させる。似たようなことは大手ギアメーカーもやっているけれど、安全マージンをかなり取っているはず……エミッションコアの限界はもっと上だ。

あの整備記録でわかってる。

だったら、制御系と冷却素子を強化すれば、機構は嵩張るけれど、あるいは……。

最初は単なるエンジニアとしての好奇心だった。

未知の技術革新を知りたい。答えが知りたい。

ある程度、わかると確かめたくなる。

本当にそれで可能なのか？　実際に動くのか？

途中で止められるわけがなかった。

あの整備記録通りの性能には遥かに及ばないけれど、原理的に近いものができた確信はあった。


出力上昇による機動性能の向上。実弾ライフルに高エネルギーを使用する電磁誘導を実装。弾速、射程、威力は増加している。近接武器には次元位相フィールドを増加し、破壊力は増加し、パワーアシストの出力増によって攻撃速度も向上している。

「それでもまだ余力がある」

オリジナルには程遠い、原理を真似ただけのギアでも、これほどの実戦性能が叩き出せる。

ギアの可能性はまだまだ残されている。

「そのためにも限界を見極めないとね」

フルスロットまで出力を上げげた、そのときだった。


「重力ポテンシャル異常を感知しました！」

ギアの警告音声。

「大型ヴァイスの質量反応を検出！　撃破してください」

戸惑うリタをナビゲーションシステムが現実へ引き戻す。

空間を切り裂いて、巨大な異形のヴァイスが目の前に出現した。

一対の大きな前腕を広げたうしろには節くれだった蛇腹状の胴体が続き、そこには無数の脚が蠢いていた。

「お初、かな？」

「データベースにヒットしません。新種と確認。本部にデータを送信します」

リタの呟きにギアの戦術コンピュータがシステム音声で返答した。

「こっちだって新型だよ」

敵の初撃の光弾を躱し、強化されたライフル弾を叩き込む。

「悪いけど、最初から全力でいかせてもらうよ」

トップスの大口径カノン砲を連射。同時にジャミングピジョンを展開。

間髪入れずにボトムスを起動。ギアに内蔵された専用マテリアルは瞬時にマイクロミサイルに成形され発射される。回避行動を取る大型ヴァイスを追尾して命中。

敵はリタの攻撃にひるんだかのようにチャージを開始する。

「……させないよ」

ここまでの戦闘で蓄積された結合粒子を使用。

超空間に格納されていたH．D．M．リトラクタブルカノンを装着。多目的榴弾を三連射。

——が、リタの必殺の攻撃は空を切った。

「逃げた？　テレポートドライブ？　チャージ中に⁉」

視界の隅に目標の大型ヴァイスを確認。出現位置は有効射程の遥か外だ。

「だめだ。届かない」

ヴァイスは悠々とチャージを終え、再度テレポートドライブを敢行。

「うっ！」

再出現と同時に体当たりをかましてきた。

巨大な前腕と無数の副腕の攻撃が、ギアの防御フィールドの展開出力レベルを一気に削っていく。

「非常事態《エマージェンシー》。Ｈｐ出力がありません。活動許可限界です」

「これ以上はまずい」

敵はさらに腹部から多数の炸裂弾を射出。逃げ場のないリタに全弾命中した。

緊急マニューバで離脱するが、敵は大きな旋回軌道を描きながら再びリタの方へ迫ってくる。

「ＨＰ出力さらに低下。緊急脱出《ベイルアウト》を推奨します。テレポートドライブ自律駆動が許可されました」

リタは逡巡した。テレポートドライブには大出力のエネルギーが必要とされ、エミッションコ

アに過大な負荷をかけ修復不能なまでに破損してしまう。

一度、緊急脱出《ベイルアウト》を使用したギアは二度と再利用できない。

苦心して作ったギアも失われてしまうのか……

「だけど……くそっ！」

リタは緊急脱出《ベイルアウト》を決断。コマンドを入力。

ブゥンとコアがフル稼働する音が聞こえ、リタは空間跳躍に備えて着陸姿勢を取った。

次の瞬間にはＡＥＧｉＳ東京本部の緊急ポートに着地しているはずだからだ。

しかし、バツンという断絶音とともにテレポートドライブシステムは停止してしまった。

「そんな……どうして……」

サブウィンドウに展開されたエラーリストを確認。

原因はすぐわかった。

カスタムチューンで出力を上げたエミッションコアからのエネルギーに、テレポートドライブエンジンへのコネクターシステムが耐えられなかったのだ。

出力過負荷による機構トラブル。

「高性能が仇になるなんて、ね……」

新種の大型ヴァイスは目前まで迫っていた。

襲いかかるヴァイスの向こうで、星が青白く輝いていた。

《つづく》

限界双転移射

後編

岩片 烈：著
ピナケス：画

――だめだ、間に合わない！

突発的に遭遇した未知の大型ヴァイスは再び集中攻撃を仕掛けようとしていた。

トップスの大口径カノン砲とライフルを応射するが、敵の突進は止まらない。

体当たりから複数腕の攻撃、腹部から炸裂弾という一連の攻撃を繰り出してくるだろう。

リタは咄嗟にボトムスを起動。

リペアピジョンを展開させ、防御フィールドの修復を図る。

その程度では敵の与えるダメージに抗えないのはわかっていた。

それでも足掻かずにはいられなかった。

ライフルを超空間に格納し、近接武器のハンマーを取り出して装備。

攻撃用フィールドでダメージを軽減しつつ、強化した攻撃速度と爆砕機構でヴァイスのシステムダウンを狙う。

敵の攻撃をすべて躱した上で、だ。

万に一つの可能性しかなくても賭けるしかない。

「やってみせる」

二つの巨腕を大きく開き、ヴァイスが突っ込んでくる。

急旋回でターンし、攻撃をかいくぐりつつ、出力強化されたパワーアシストで全力のハンマーを振るう。

必死の戦闘が生んだ集中力のせいか、ヴァイスの動きも自分の動きも、とてもスローに感じられた。

視点の角度が変わり、敵の巨体の背後に青白く輝いていた星が弾けるのが見えた。

複数のリングが生まれ、真っ赤なガス状の火焔が広がっている。

――超新星爆発《スーパーノヴァ》？　運がいいのかな、最期に見る景色としては……。

リタはヴァイスに突進。頭部に初撃を叩き込み、二発目に爆砕機構を発動する。

だが、そこには敵腹部の無数の副腕が待っていた。

――捕まる……終わりだ……。

ところが不思議なことに、敵の攻撃は届かなかった。

「距離が……離れてる⁉」

互いの戦闘機動を無視して、両者の相対距離は少しずつ遠ざかっていた。

バチバチと防御フィールドに微細な火花が散っている。

まるで横殴りの風雨が降り注いでいるようだった。

「プラズマガスジェット……？」

何百万光年の彼方で起きた超新星爆発《スーパーノヴァ》。その光速の衝撃波は、星間物質や宇宙塵を巻き込んで
プラズマガスの奔流となって、この宙域に吹きつけていた。

リタとヴァイスは防御フィールドの界面で弧状の衝撃波面を作り出しながら、秒速数キロの超

音速でエルドリッジ宙域から離脱していた。

敵との相対距離は100メートルもない。

プラズマガスジェット流の影響でじりじりと距離は離れているが、スラスターを吹かせば一息の距離だ。

リタはハンマーをライフルに換装。迎撃態勢を取った。

しかし新種の大型ヴァイスは動こうとしない。

いや、それどころか短距離テレポートドライブで、こちらの有効射程のさらに彼方の安全圏まで離脱した。

「どういうこと?」

リタは訝しんだ。

「ヴァイスも消耗している?」

初遭遇のとき、ありったけの攻撃をしたのが効いている?

いや、それ以前にエルドリッジ宙域にあいつの存在は確認されていなかった。

宙域外から長距離テレポートドライブでやってきた?

だとするとギリギリの状況で戦っているのは、あたしだけじゃない?

あいつも同じ?

リタの推測を裏付けるように、ヴァイスは散発的な襲撃を繰り返した。

アウトレンジでジェネレータのエネルギーを蓄積。

それが終わると短距離テレポートドライブで飛来。

突進からのコンビネーション攻撃を終えると、安全圏へ離脱。

そのルーチンを飽きもせずに繰り返し始めた。

しかも、攻撃の間隔は次第に長くなっている。


リタは攻撃回避に専念し、反撃はボトムスのマイクロミサイルのみ。

敵へのダメージより、リペアピジョンによる防御フィールドの維持が目的だった。

推進剤の残量と、残弾——弾丸とミサイルを生成するマテリアルの残量に絶えず注意を払いながら、敵の攻撃を回避し続けた。


「ふぅ……本当にしつこいね……」

数十回に及ぶ回避シークエンスを終え、リタは額の汗をぬぐった。

すでに襲撃の間隔は30分以上となっているのにヴァイスは依然、諦めようとしない。

リタは救難信号を発しながら、ギアをサバイバルモードへ移行。

待機時のエネルギー消費を抑え、一部を推力として温存。

推進剤を少しでも節約するためだ。

そして目を閉じて、すり減り続けている神経を休める。

一連の行動はもはやルーチンワークとなっていた。

「逃げられるうちはいい。でも……」

推進剤がなくなりブーストが効かなくなったとき。

絶え間ない攻撃に集中力が切れ、フィールド限界以上の攻撃を受けたとき。

そのとき、あたしの命は終わる……。

それを避けるには、あいつ——あのヴァイスを倒すか、この戦闘区域からなんらかの方法で離脱するしかない。

頼みの綱の緊急脱出機構《ベイルアウト》——

アクトレスの安全を守る命綱は起動できなかった。

緊急脱出機構《ベイルアウトシステム》は起動と同時にテレポートドライブするための高エネルギーを必要とし、エミッションコアにポテンシャル限界の駆動を要求する。

しかし、リタの手によって過剰にチューンアップされたコアはフル稼働するとシステムが必要とする以上のエネルギーを高次元から引き出してしまう。

その結果、コアとテレポートドライブシステムを連結するシステムを過負荷によってダウンさせてしまっていた。

「完全に想定外だったな……」

自分の目と手の届く範囲はすべて対策したつもりだった。

コアの制御や発熱ロスの冷却、エネルギー伝達系の強化は充分にしてあった。

だが、ブラックボックスと化している緊急脱出機構《ベイルアウトシステム》には考えが及ばなかった。

緊急脱出機構《ベイルアウトシステム》からのエミッションコアへのフル稼働コマンドを無効化できれば簡単に解決するが、そんなことはアウトランドのラボでもなければ不可能だ。


「いまのあたしに可能なのは……」

リタは必死に考え始めた。

そして、ついに答えを見つけた。

「ギアの機能《スキル》で、出力を調整するしかない」

ウェポン、ドレス各ギアの稼働によって余剰分を消費して、コアのフル稼働でもコネクターが過負荷を起こさないようエネルギーを調整する。

そうすれば緊急脱出《ベイルアウト》でこの窮地を脱し、東京シャードへ戻れるはずだ。

リタは戦闘の合間にシミュレーションを進めた。

自分でカスタマイズしたギアだ。性能諸元《スペック》はすべて頭に入っている。

設計上の理論値も、実測値も幸いなことに今日のテストで取得してある。

あとは緊急脱出《ベイルアウト》が起動する最適な組み合わせを見つけ出せばいい。

フィールド内に投影されたスクリーンには、シミュレーションの結果が色彩スペクトルでグラフ表示されていた。

そのほとんどがシステム過負荷を示す赤と、緊急脱出機構《ベイルアウト》の出力不足を示す黒に近い紫だった。

「ちょっと……考えが甘かったかな」

エミッションコアの出力増に合わせて、各ギアのスキルは高エネルギー対応の強化をしてしまっていた。どれも使用エネルギーが大きい。

つまり……パズルのピースが大きすぎて細かい調整が効かない。

どのように組み合わせても、起動時間や発動のタイミングを調整してみても、コネクターシステムが要求するレンジ内の出力にはなりそうにない。

ギアスキルで使用するエネルギーが少なければコネクターは過負荷で停止し、かといって多過ぎては緊急脱出《ベイルアウト》が要求する出力に達しない。

最も近い値を示している部分でも濃紺程度。

試算では条件を満たして発動してもテレポートドライブは起動するが、東京シャードはおろか試験戦闘を行ったエルドリッジ宙域にすら届きはしない。

それではエミッションコアが破損した状態でヴァイスの追撃に遭い、反撃もできずにやつの餌食になるだけだ。
——万事休す。
リタは天を仰いだ。
視界のすべてが眩い星空だった。
「ああ、きれいだな……」
静謐《せいひつ》な星々の煌めきがたとえようもなく美しく感じられた。
あたしもこのまま星になってしまうのかな……。
それも悪くない、か。
自分がチューンしたギアで、テストアクトレスとして満足いく成果を挙げた。
それなりの達成感はある。
でも……。
いまごろ、みんなどうしているかな？
整備部で過ごした日々が、成子坂製作所の仲間たちが、懐かしく思い出された。
隊長も、整備部員も、アクトレスのみんなも、あたしを心配しているだろう。
そう思うと心の底で怒りがたぎってきた。
「諦めてたまるか」
必ずあいつを仕留めてみせる。

「いざとなったら、あいつと刺し違えてでも道連れにしてやる……」

各種ギアの状態を再確認。

推進剤の残量を考えれば、次が最後のチャンス。

残存するマテリアルのすべてを弾丸とミサイルに変えて、あいつに撃ちつくしてやる。

限界寸前の防御フィールドが破られるのが先か、こちらの攻撃がヴァイスのフィールドを破るのが先か、勝負だ。

「やってみせる……」

リタは最後の賭けに出た。


新種大型ヴァイスはエネルギーのチャージを完了。

すぐさま、リタのギアは重力異常を検知。

空間を跳躍して、ヴァイスが突進してくる。

リタは全弾応射。

命中。ヴァイスがかすかにひるむ。

突撃してハンマーを振るう。

まだ敵は斃れない。システムダウンしない。

「早くっ！　倒れろ！」

結合粒子の回収を確認。

充填された補助エネルギーで超次元モジュールを超空間から転送し、装備。

「これさえ当てれば……」

リトラクタブルカノンの狙いを定めた瞬間、ヴァイスの周囲の空間が歪む。

赤く光る空間の裂け目が瞬時に出現。

そのなかの暗黒の超空間トンネルへヴァイスは消える。

安全圏へ——H．D．M．の射程外へ逃げるつもりだ。

「逃がさない！」

リタは緊急脱出《ベイルアウト》機構を起動。テレポートドライブを実行する。

「東京シャードに届かなくても！」

ヴァイスがテレポートドライブで逃げる距離と方位のデータは取れている。

エミッションコアの出力増は戦闘時のギア使用で相殺される。

指定された座標へ、リタは跳んだ。

「これがあたしの戦い方だ！」

目前のヴァイスを零距離射撃。

三連射された榴弾は全弾命中。

ヴァイスを守るフィールドを破壊し、本体を撃破した。

内部機関が誘爆を起こし、ヴァイスは不規則な軌道を描き消滅していく。

「終わった……」

宇宙空間を漂いながら、リタはヴァイスの最期を見つめていた。

——なぜかな？　心のなかにポッカリと穴が空いたような気がする。

「ヴァイスなんかに同情するなんてね……」

「非常事態《エマージェンシー》。エミッションコアの出力、急速に低下中」

「防御フィールド、消滅します。スーツによる退避を推奨します」

投影されたモニターは真っ赤な警告メッセージで埋め尽くされ、やがてそれも消えた。

ギアのフィールドが消えると、自動的に戦闘スーツの防御フィールドに切り替わった。

その瞬間、フィールドの保護レンジの違いで、内部空気の一部が宇宙空間へ放出された。

エネルギーを失ったギアも、リタの体から離れて漂っていく。

スーツに埋め込まれたコアの出力だけでは、超空間の支持リンクを保つことはできない。

バウショックを起こし、超音速まで減速したプラズマガスジェットに流されていく。

「さよなら……ありがとう……」

リタは愛するギアに別れを告げた。

ナビゲーションシステムも失い、言葉を発するのをやめると完全な静寂に包まれる。

――この星の海のなかにいるのは、あたしひとり……。

戦闘スーツの余力のみではサバイバルモードでも、もってあと数時間だろう。

リタは満足そうに眼を瞑る。

――これでも、少しは完璧に近づけたかな？

――ごめん、みんな……あとは頼んだよ。


「リタさん！　応答してくださいっ、聞こえてますか？」

――夜露《よつゆ》の声がする。やれやれ……幻聴かな？

それとも死を覚悟した瞬間に去来するっていう過去の記憶ってやつかな？

「そっちの座標と相対速度は確認してます。すぐ行きますから」

「返事ぐらいしなさいよ！　専属メカニックに任命した責任があるから助けに来てやってんのよ！」

――綾香《あやか》の声まで聞こえてきたよ。

「むきーっ！　ぼーっとしてないで、ちゃーんと応答しなさいよね！」

「あれ……あたし、返事してた？」

「リタさん！　もう少しです。いま向かってますっ」

むきーっ

星の海にギアの推進剤が作るふたつの軌跡が見えた。

「ああ……そうか、助かったのか……帰ったら、間違いなく整備長に怒られるな」

そう呟いて、リタは満足そうに微笑んだ。

《終》

アリス・ギア・アイギス
alice gear aegis
Actress Ep.
アクトレス エピソード

『Save your Breath 東京不干渉 ―そして最強へ―』参考文献

『天皇の鷹匠』諏訪流十六代鷹師 花見薫：著
『鷹匠の技とこころ―鷹狩文化と諏訪流放鷹術』諏訪流鷹匠大塚紀子：著
『鷹と生きる 鷹使い・松原英俊の半生』谷山宏典：著
『鷹の師匠、狩りのお時間です！』ごまきち：著
『鷹匠は女子高生！』佐和みずえ：著

『成子坂の管理栄養士 ―人は白米のみにて生きるにあらず―』参考文献

『からだと心を整える「食養生」―食より大切な思考と実践』辻野将之：著
『東洋医学がやさしく教える食養生（体によい食事）』菅沼栄：著
『薬膳で読み解く江戸の健康知識袋 いろはに食養生』武鈴子：著
『世界の医師が注目する最高の食養生』鶴見隆史：著
『元気読本（2020年8月15日号）』企画・制作・発行：オアシス株式会社

「今日から私ムラクモのアクトレスになります！」
好評発売中！
東京シャード最大手・叢雲工業のアクトレスとなった四月朔日水羽。しかし配属されたのは本社ではなく町田事業所で……？『アリス・ギア・アイギス』初の公式外伝コミックがついに登場!!
朧月のレゴリス
アリス・ギア・アイギス外伝
alice gear aegis
01
原案／ピラミッド
漫画／えらんと
A5判　176P　定価：本体900円+税
ISBN:978-4-8021-3227-5
© Pyramid,Inc. / COLOPL,Inc.　©2021 FIELD-Y

初出：アリスギアマガジン VOL.1 ～ 12 掲載

アリス・ギア・アイギス Actress Ep.

2021 年 6 月 10 日　初版発行

著者　岩片 烈
朝日文左

原作：株式会社ピラミッド（『アリス・ギア・アイギス』）

表紙イラスト：飯沼俊規
裏表紙イラスト：ピナケス

発行人：田中一寿
発行：株式会社フィールドワイ
〒 101-0062
東京都千代田区神田駿河台 3-1-9 日光ビル 3F
TEL 03-5282-2211（代表）

発売：株式会社メディアパル（共同出版者・流通責任者）
〒 162-8710
東京都新宿区東五軒町 6-24
TEL 03-5261-1171（代表）

印刷・製本：中央精版印刷株式会社
装丁・デザイン：田中里奈（株式会社 ACQUA）

Printed in Japan 2021
ISBN978-4-8021-3256-5